安塞县文艺创作基金资助项目

山丹丹文丛(第一辑)

山那边的故乡

米宏清 著

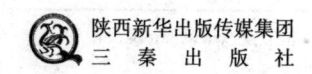

陕西新华出版传媒集团
三秦出版社

图书在版编目(CIP)数据

山那边的故乡 / 米宏清著. — 西安：三秦出版社，2016.3
(山丹丹文丛)
ISBN 978-7-5518-1233-7

Ⅰ.①山… Ⅱ.①米… Ⅲ.①散文集-中国-当代 Ⅳ.①I267

中国版本图书馆CIP数据核字(2016)第034239号

山那边的故乡

米宏清 著

出版发行	陕西新华出版传媒集团　三秦出版社
社　　址	西安北大街147号
电　　话	(029)87205121
邮政编码	710003
印　　刷	三河市嵩川印刷有限公司
开　　本	889mm×1194mm　1/32
印　　张	6.25
字　　数	125千字
版　　次	2016年3月第1版 2021年7月第2次印刷
标准书号	ISBN 978-7-5518-1233-7
定　　价	46.00元
网　　址	http://www.sqcbs.cn

作者像

米宏清是一位天赋很好、有一定创作成就的文学青年。我期盼在以后的日子里,他会有更大的成就。

高建群
九三

高建群为米宏清题字

目录

远去的那个夏天　/001

陕北村庙　/004

远方的山村　/007

清溪　/013

河畔　/016

惊蛰　/019

故乡云　/021

北方　/023

村庄　/025

夜行　/027

春野　/030

乡村淡影　/032

旅行手记　/037

乡村往事 /040

陕北岁月 /045

陕北桃花 /051

山丹丹 /056

记忆最深的几篇课文 /059

读书散论 /063

对生活的真诚礼赞 /068

书缘 /071

让阅读带给我们诗意的生活 /075

安塞文艺的创作与繁荣 /078

走近大师 /082

独特的黄土风情 /084

做一个小提琴手 /086

故乡和我记着 /088

后记四篇 /090

读茨维塔耶娃的诗 /096

高原雪 /099

王家湾来的诗人 /101

王家湾 /104

王家湾凭吊 /107

石峡峪 /109

魏塬　/112

高石寨记　/114

缭绕在高原上的彩云　/119

寂寞旅途上的篝火　/125

天下黄河九十九道湾　/128

大红灯笼高高挂　/135

展现缤纷生活的画卷　/138

一朵莲花一朵云　/145

乡土上的艺术家　/151

行走的文明　/163

近现代文化名人与安塞　/171

梅绍静记　/177

贾平凹写字　/180

高建群写序　/185

附:高建群《飞翔吧,年轻的鹰》　/188

后记　/190

远去的那个夏天
——童年记事之一

童年时
我在荞麦花上逮的那只蝴蝶呵
你到哪里去了
你可知道,此时的我是多么怀念你
我多么想在这雾气迷蒙的早晨见到你
嗅你浓郁的花草馨香
抚摸你玫瑰色的轻盈羽翼
　　……

——引自《童年》

童年是美好的。它宛如早晨花草上的露珠,那么晶莹地折射出人生斑斓的色彩。几乎每一个人都怀着惆怅的心绪谈起童年。而俄罗斯诗人叶赛宁面对飘飘的落叶,忧伤地叹息道:"金黄的落叶堆满我心间,我已不再是青春少年。"更勾起人们对逝水年华的无限眷恋。

随着岁月的流逝,人们对于童年的记忆愈加清晰。而我对于那个水淋淋的夏日之晨的记忆,更是梦幻般长久地萦绕于心间。

那是一个夏日的早晨,太阳还没有从东方升起。我从居家的土炕上睡起来,便拿着镰刀上山去割草。小时候,我们农家孩子的活儿是挺多的,割草、砍柴、放牛,什么活都干。我拿着一把镰刀、一根麻绳,赤着脚片儿,走上我家门口对面的山塬。六月的山塬,地畔、沟洼、溪边,尽是绿茵茵的庄稼和各种绿的、黄的、红的小草,有七仙草、羊胡子草、地椒、毛毛草、沙蓬等。一股雾气在山野里袅袅地升腾着,远处的山峦虚幻得像水中的倒影。那一年的雨水适时,庄稼长得异常繁盛。农人们一走进庄稼地里,就乐得合不拢嘴。我先是走过一片荞麦地。一大片一大片的荞麦,红色的秆上长着绿色的叶子,粉红色的荞麦花,铺天而来,煞是迷人。清晨,一阵煦风吹过,那花香沁人心扉。荞麦地过去,又是豌豆、黑豆、玉米、谷子,全都长着肥大的叶子,绿蓁蓁地布满了乡村所有的塬畔、沟坡。我一边割草、一边在这绿色的海洋地流连、徜徉。当我割了一捆苜蓿草从高出我个头的谷子林穿行时,朝阳刚刚从东边的山谷间升起来。晨曦那粉红的、绚烂的光芒使谷子宽大叶子上的露珠变成了一颗颗五彩的、闪光的珍珠。置身于那铺天盖地的、闪耀着各种颜色的谷林里,我觉得自己进入了童话世界,心田里流淌着诗一般清纯、美丽、晶莹的气息。

　　这个早晨,是我记忆中最为深切的一次。那绿蓁蓁的庄稼,在夏日早晨太阳初升时所展现出玫瑰色般晶莹、动人的景象,令我无数次地沉迷。后来,我曾苦苦地寻觅这样的早晨,可是我再也不曾见到过。

　　去年夏天,我回到了乡间。几年来总是行色匆匆,这一次,我总算是下了决心,要在乡间住上几天。也是一个弥漫着大雾的早晨,我早早地起来,便走上了童年时我经常去的山塬。正是六月,故乡的山野里开满了五颜六色的野花,打碗花、山丹花、野菊花、狗耳花在早晨的阳光中,显得姹紫嫣红、婀娜多姿。我沿着山梁行走了许久,也没有见到童年时的那个景象。遇到了村里的一个老大伯,他说由于退耕还林的实施,乡村的大片农耕地退了耕,而种上了大片大片的苜蓿、沙棘、杏树、果树,只是靠近村庄的田畔、塬地,才零星地种一些黄瓜、豆角、玉米。

　　我茫然若失地在一片苜蓿地里坐了许久。紫色的苜蓿花在我面前摇曳着。明丽的阳光下,我感到自己似乎也变成了一朵苜蓿花,和周围的花朵一起簇拥着,灿烂地微笑着。身上还散发着一股芬芳的气息。哦,童年之于人生,只有一次,而那远去的一切,竟是那样地美丽、晶莹。我该好好珍惜这个早晨,这绚丽无比的日子,当它像露珠儿一样消失,我又该去何处寻觅呢。

陕北村庙

我非常惊奇乡村的古庙。它谜一样的神秘常常使我陷入深深的思考。有好长一段时间,我对村庙产生了浓厚的兴趣。

漫步于山野村落,总会看到一个一个的村庙孤零零地立在那里,或是早断了香火,院子里长着深深的荒草、遍地一片瓦砾;或是门窗破旧,偶有一个戴旧草帽的人拿一把香、两张黄表纸进去,使久已冷静清幽的香台上飘出了一缕一缕的香烟。村庙总是建在离村庄不远的地方,位置很显眼,有的在空旷的梁峁上修几孔石窑,有的在崖畔上挖两间石洞,有的在荒野地里搭两间木棚。

这些乡村庙宇是哪个朝代建起的?面对着这些被岁月的风霜冲刷过千百次的苍老古庙,我总是想到很多很多。当初那些修建庙宇的人在炎炎的烈日下，一块砖头一块砖头地把房子盖起来。他们的心里充满着对神灵的虔诚和对生活美好的希冀。他们一次一次地祈求着神灵的佑护，祈求风调雨顺。如今，这些人皆已化作了烟尘，他们的魂灵不知在哪一个山头歇息，他们连名字都没有留下，而他们汗流浃背地垒建起来的庙院依然还在。他们的一生，是怎样的一生呢？是贫穷、是富有，是幸福安逸、是流离颠沛？

在一座规模不算小的庙院里，我伫立了很久。这是一座很破旧但几经修复的古庙，虽然院里遍地是瓦砾和荒草，但庙宇依然完好，足见当初恢宏的气势。在庙院的墙外，有几棵很粗很粗的老槐树，乌鸦一群一群地飞来，又飞去，使村庙在夕阳下显得异常古老、清幽。我请教村里的老人，问这村庙建起来有多少年了，他们都摇头不知；只说他们很小的时候这庙就是这个样子，现在他们老了，七十多岁了，这庙还是这个样子，一点也没有变。

苍凉的陕北高原，这块苦焦的土地呵，有多少这样苍老的村庙！

每有村庙，必有庙会。陕北的乡村庙会，大都在三月三、四月初八或是五月端午、六月十三等日，几乎全在春夏两季。面对庙院外面破旧的戏台，我脑子里浮现着乡村炎热的夏季，四乡八邻的山里人拥挤在一起看戏赶庙会的情景。赶庙会的人一茬一茬地逝去，而庙会则年年举行。这庙会，给偏远的山里人增添了多少乐趣呵。庙会的规模大小不一，大则唱三天戏，小则是陕北说书。这种习俗已经延续很久、很久。

我曾进行过一次认真的观察，我发现乡村庙宇供奉的几乎全是王母娘娘和龙王。身居山乡野岭的旧时农人,不图名、不贪利,只求风调雨顺、五谷丰登,于是敬奉龙王神;求子孙繁衍、合家平安,于是敬九天圣母神。陕北,这块焦土,自古战乱频仍,灾荒无度,这块土地上的人们便渴望安宁的生活,然而处于封建时代饱受统治阶级的压迫,无奈之中只好寄希望于神灵的佑护。这就是乡村庙宇得以兴建的社会原因。

庚辰年夏天,在安塞镰刀湾乡的塞门寨,有一座长满荒草的小庙。这庙异常破旧了,但门口的一块石头和一口大钟引起了我的兴趣。一块沙石被磨得很光滑,且呈凹形,旁有一棵古树,这足以看出是夏天农人在树下一边歇息闲谈,一边打磨手中如镰刀、铁锹等农具留下的痕迹,让人想起往昔的热闹景象。那口大钟,上有"万历二十一年正月二十日"的铸字,说明此庙有四百多年的历史。在安定镇的钟山寺,至今悬有明嘉靖年间的老钟。而陕北佛教名山白云山,也始建于明嘉靖、万历年间。当时社会昏暗、朝政腐败、灾荒四起、民不聊生。农民在思想上感到痛苦、绝望,于是便祈求神灵。求神拜佛之风一度十分盛行。崇祯年间,就连神灵也无能为力了,于是李自成便揭竿而起,直打进紫禁城内。

陕北乡村庙宇,每每毁于战乱之际,而修复于盛世之时。这一个个千疮百孔、饱经沧桑的古村庙呵,记录了高原的一次次兴衰和人民的苦难,让我们看到了生生不息的高原人汗流满面的背影。是否,我们也该修一部《乡村寺庙志》呢?

远方的山村

我常常望着远方的天幕下,那缭绕着一缕一缕白色烟雾的大山深处。天空是那样明净。在很远的地平线上,山峦像大海的波涛一样起伏着,一座连着一座。哪一个山村是我的故乡呢,我热泪盈眶地问着自己。

我在一座山岗上静静地坐下来。正是七月,山塬上的野草一派碧绿,雨后湿润的空气弥漫着野艾蒿清新的苦味儿。我不由得想起我的故乡了。

故乡的小村庄隐藏在大山深深的皱褶里。站在我家的窑院里,大山起伏的曲线一层一叠地遮挡着人们的视线。可那些山显得浑厚、壮阔,爬上我们村头的山塬,便看见山峦一座一座地排列着,山脉均匀地向远方延伸。土窑洞像野花一样点缀在山洼里。每一户窑院前,都种着金黄色的向日葵、绿蓁蓁的玉米和扯着长蔓的豆角、葫芦。高大的杨树,粗壮的柳树,将庄稼院全都遮蔽在它的浓荫里。在那散发着五谷和泥土气息的黄土山梁上,我度过了梦一般清纯、美丽的童年、少年。

从大山里走出的孩子,对山有着很深的爱恋。不论是春天还是冬天,山里的景致总是那么迷人。在三月,山里的阳光十分和煦,金子一般铺洒在山野里。我们赤着脚片儿走在田野里,山风夹杂着山野里刚刚露出地皮的野草的清香,扑面而来。土地松软而且潮湿,厚厚的黄土,在阳光下蒸腾着一缕一缕清淡的气息。我们挎着小篮子,在塬畔、沟坡、田边挖那数不清的苦苦菜和野小蒜。故乡的苦苦菜长得十分肥大、鲜嫩,一片一片宽大的银灰色的苦菜叶子,据说营养十分丰富。母亲将我挖回的苦菜用开水一烫,再放到盆子里用凉水泡一阵子,然后再撒一点盐,便是十分鲜美可口的菜食了。在春三月,苦苦菜和野小蒜是山里人的主要菜食。现在想起儿时在故乡的山野里挖苦苦菜和野小蒜的情景,我的心里总是浮荡着一丝淡淡的忧伤,我感到那美好的童年岁月已是愈来愈远了。

在我家门口对面的山坡上,长了整整一坡的杏树。那一大片杏树林,布满了整个山坡,远远望去,仿佛是白色的云朵从山坡上飘过来。蜜蜂和蝴蝶成群地在杏花丛中翻飞,花香沁人心扉。我们一群山里孩子,从早到晚,在那杏树林里尽情玩耍。待到六月,杏子成熟了。金黄色的山杏珍珠一样缀在树的枝头。走进杏树林,一串一串黄色的山杏在头顶摇动,有的杏子因为熟透了,便自个儿滚落在地上。这时候,天气十分炎热,村里的人们便纷纷跑到树林子,坐在大树底下讲那些让人永远都喜欢的古老故事。真是令人怀想呀,那片树林,那成熟的金黄色山杏儿……

说起故乡的苦苦菜和杏树林,我便不由得又想起故乡那漫山遍野的野花。多么令人心动啊。在七月,各种野花五彩缤纷,一派绚烂。绚丽开放的野山花铺天盖地,山野里弥漫着花草芬芳的气息。在那数不清的各色野花中,我最喜爱的就是打碗碗花了。一朵朵淡紫色的打碗碗花儿,在晨雾中显得妩媚动人。在夏季,山里的早晨总是笼罩着雾气。拂晓前如果没有风,雾好像是静止的,整个山梁沟壑全被浓浓的雾气所笼罩。这时,当走进故乡的山野时,整个儿天地间都显得扑朔迷离,看不清哪里是沟,哪里是坡。待到旭日初升,一股一股的雾气便在晨曦那一道一道的金光中徐徐地蒸腾,上升。透过散布在雾气中的带水分的阳光,山野里的景物渐渐显露出来。只见一簇簇的打碗碗花、野刺玫全都散发着清新的甜香味。尤其是花草上的露珠,晶莹地滚动着,几乎能映出人影,一切都如此清新、亮丽、悦目,没有什么比漫步于夏日晨雾里那遍野花草丛中更惬意的了。虽然,在以后的岁月里,我曾游历过好多的名山胜水,但我总是感到缺少了一些什么。

此时,坐在这七月的雨后的山岗上,遥望远方蔚蓝天幕下起起伏伏的黄土山梁,我的心里油然而生一种深深的恋情。人一旦降生,便在这大地母亲的怀抱里汲取阳光、雨露。谁都没有理由忘却自己的生身热土,相反,我们更应深爱我们的土地、祖国和人民。"为什么我的眼里常含泪水?因为我对这块土地爱得深沉。"这是艾青的一句诗。它道出了多少人的心声呵。

王家湾乡城黄梁村(作者家乡)

童年生活的土地

清　溪

　　很久没有到清澈的小溪边静坐了。对于一个久居闹市的人，能够到潺潺流淌的清澈得能看见卵石、长着青青绿草的小溪边走一遭，也是奢望呵。

　　虽然，我也居住在靠近河沿的地方。从我家的窗口望出去，就可以看到由于河水冲积而形成的广阔的河滩地，以及那条呈扇形流向远方的、日夜喧哗的小河。有那么一年的时间，我几乎每天都要走河上的小桥。但是，对于这条河流，我委实没有亲近感。当我走过城边的河堤时，一股难闻的气味扑面而来，河水浑浊且有些发蓝，没有水草更无小鱼，简直是一条没有生命的河流。

　　我于是常常怀念故乡的那条小溪。那是一条多么清澈的、美丽的小溪啊！一股清清的泉水从我家对面的大山沟谷间哗啦哗啦地流出来。它先是流过一段错落有致的石阶，在石崖上溅起一层雪白雪白的浪花，人站在远处，那一层一层白色的浪花宛如一朵朵盛开的杏花洁白而绚烂。之后，它又流过长满各种青草的浅滩，河滩里长着茂密的白杨树、柳树，小溪流在这些草木树丛间穿行，便奏出优美的、宛如小提琴一样清纯的乐曲。小时候我在乡里上学，每次，我都要沿着小溪走好长好长的路，才能回到家里。尤其是夏天，在炎炎烈日中若是行走累了，便伏在小河边喝一口甘甜的溪水，再用清凉的水洗一洗脸，顿感倦意全消了。故乡的小溪是一条可爱的小河流，她用甘甜的乳液、哺育着那一方贫苦的山里人。每当我们山里的女子走出山外，人们看着她洁白的牙齿，以及她水灵灵的宛若山花般鲜嫩的皮肤，总是不由赞叹："多好的肌肤！喝什么水长大的？"我心里便喜滋滋地为我故乡的小溪流而欢愉。

  故乡的小溪流是那样地清澈。在夏日的早晨，当朝曦从东方的山岗升起，小溪流便像孩童一般欢笑着，闪着花儿一般五彩的梦，向远方跑去，它的脚步是那般地轻盈，它的心灵是那般地晶莹。在大山小溪边长大的孩子，有着小溪流一样清澈的心灵，有着小溪流一样五彩的梦。我怀念故乡的小溪流。有时，在深夜，会有一条清清的小溪流潺潺地流入我的梦境，那是故乡的小溪流啊。

    声喧乱石中，色静深松里。
    漾漾泛菱荇，澄澄映葭苇。

这是唐人王维《青溪》中的诗句。因了对于故乡小溪流深深的牵念,我对于这一类的诗句颇爱吟读,时间既久,我便能吟出好多这一类的诗句。在我家的客厅,有我颇为喜爱的一幅山水画,名曰《小桥流水人家》:一派茫茫大山深处,古木参天,百草丛生,一条小溪时隐时现,千回百折;它是那样地明朗,那样地宁静、淡泊,伫立既久,便隐约感到我是回到故乡的那一条小溪边了。

河　畔

我居住在离河很近的地方。从我家的窗口望出去,就可以看到由于河水冲积而形成的广阔的河滩地,以及那条呈扇形流向远方的、日夜喧哗的小河。

人们总是逐水而居,我一次次地想。要是人住的地方距离水远一些呢?那或许我们的周围就没有这么嫩绿的树木和野草了。夜晚我们渐入梦乡的时候,就听不到这潺潺的流水声音了。这样想的时候,我便越发亲近起这条河流来。有时,我会一个人坐在河边的石头上,静静地看河,看它缓缓流淌的优美韵致。尤其是傍晚,当一大片橘红的霞朵出现在西边的山峦时,夕阳的余晖使河水变成了金黄色,宛如云霞从地上一直延伸到天际。

每天,我都要从河上的小桥走好几趟。我一次次满怀深情地看着这河水从远处大山的皱褶里流来,又流入远方的千沟万壑之中。对于这条河我委实是太陌生了,而如今它竟这般地令我注目,好像她身上有一种神秘的力量在深深地吸引着我。其实我的确也喜欢河流。尤其是夜晚,当皎洁的月光洒在这潺潺流淌的河面上时,河岸上笼着一层朦胧的乳白的月光,河水低低的流淌声音令人想起贝多芬的《月光交响曲》。我还常常记起唐人张若虚那首著名的《春江花月夜》,"江流宛转绕芳甸,月照花林皆似霰",河水一路宛转绕过开满鲜花的郊野,月光照在花草树木间似飘落的雪花,多么迷人的意境!

可是,有一段时间我陡然发现这河变得很丑陋,这使我颇为疑惑。河水变得瘦小、奄奄一息,且水的颜色有些暗蓝,像一个病得很重的女人。当夏日早晨我从小桥上走过的时候,听不到水流的声音,且闻到一股逼人的气味。水量在一天一天地减少,由于阳光炙热,河滩的淤泥已龟裂成好多的几何图形。河边的小草似乎也没有先前鲜嫩,沾满了尘土。

在一个星期日的上午,我溯河而上,一直走到河的源头。这是一条著名的川道,河水千回百折。据说,当年的杜甫老人,曾骑着毛驴,打此经过,还写了一首《塞芦子》。这里还有一座塞门古寨,是范仲淹当年为抵御西夏入侵而筑的边关守塞,地势险要。河水就发源于距芦子关不远的周山,山谷窄狭,陡峭,一股清澈的泉水汩汩地从大山缝隙间流出,在山崖上犹可闻出水流的叮咚之声。

我在河的源头待了很久。四周一片寂静。山峦一座连着一

河畔

座。河水在这千沟万壑之中默默地流淌着,哺育着这一方众生。她从远古流来,伴随着人类生存的历史,她那么无私地哺育着我们,一如我们的母亲。然而,唯独在今天,她瘦弱了许多,苍老了许多。

我沿着河畔踽踽而行。我倏然记起俄罗斯一幅名为《河畔》的画:一片广阔的塬畔上,长着高大、茂密的树木和草丛,晚霞使那片田野变成金黄色。看不到河流,但分明有一股清溪在树木草丛间流淌。远方是淡蓝的天空。

那幅画我真遗憾未能保留下来,但我一直记着。当我行走在河畔的时候,我尤记得真切。

惊　蛰

在二十四节气里,惊蛰是最具有生命气息的。在一片广袤的原野上,随着一抹明丽的朝阳升起,河边、路旁、田畔,到处都升腾着一股微微的热气。土地开始变得松软、潮湿,空气中飘浮着大地解冻后散发的清新气息。溪流在冰层下面蛰伏了几个月后,似孩童般欢快、纯真,在山谷间奏出铜铃儿一样清纯的声音。

河畔的杨树和柳树,在和煦的轻风中微微摆着秀姿。柳树已抽出鸟舌状的嫩芽,杨树的枝丫间也结出了棉絮一样的花苞。在向阳的山坡上,各种青草破土而出,远远看去,连片的草色已十分醒目。小麦都已经返青,在阳光的照耀下,是一派绒绒的新绿。

鸟儿大概是最为这种因季节的变化而欢悦的动物了。它们扇动着轻盈的羽翼,有时是两三只,有时是七八只、十几只地在一起,倏忽地飞到这家的屋檐上,又飞到河边的树上,或者是飞到远远的田地里。往往,它们会飞到高高的天空,天地间划过波浪一般优美的曲线。

"欣欣此生意,自尔为佳节"古人曾云。惊蛰使北方真正的春天来临,大地显示出蓬勃的气象。农谚有"惊蛰不居牛"之说,意为从惊蛰起,农人就该赶着牛去耕田播种了。

惊蛰,多么优美的、富于诗意的方块汉字。我常常感叹我们的祖先在制定历法和二十四节令时,那时令与物候、节气的奇异吻合。而且,每一个节气的名称,都是一幅水淋淋的、充满田园诗一般美丽的自然图景,如雨水、谷雨、清明、芒种等,多么富于诗意的词组。二十四节气是指导农作物生长的重要气象依据,它蕴含着源远流长的传统农业文明。

我时常想,按照二十四节气的时序,拍摄一组二十四节气田园照片。在每一个节气的当日,当太阳初升之时,选择固定的一方田地,拍摄二十四幅作品。这样,四季的更迭、庄稼草木的荣枯,便全部定格于我的视野之中了。我首先要将《惊蛰》这幅照片装在很大的框子里,置于客厅。因为惊蛰实在是万物初醒、草木萌动的季节,它能使我们的心灵深处永远激荡着春之旋律、春之情怀。

故乡云

我喜欢观云。小时在乡间生活,我常常会坐在我家门前的那座大山梁上,看大片大片的云朵在天空游弋。云朵自由、潇洒飘逸的风韵,总使我陶醉。

夏季当是高原乡村最美的季节,也是天气瞬息万变的时候。当知了在草丛里烦燥地叫嚷时,晴朗的天空上便会陡然冒出一朵两朵的白云。这白云先是不动的,像棉絮一样浮在水中。但很快这云朵变得又浓又重,一场暴雨便降临了。在天气最闷热的时候,天空的云彩移动很慢,一团一团地飘浮在天空,洁白、轻盈,观之,给人一份宁静、洒脱、自由的心境。

说到云,我便记起祖母,她简直是农村气象专家,她能从云的演变中观测出天气诸多变化。小时候,夏夜屋里太热,我们便铺一张草席睡在院子里,望着繁星闪烁的夜空,听祖母讲述乡村古老的故事。往往,她会指着夜空的一块黑云,说"黑猪过河,大雨成河",我们看时,只见黑猪一样的云团从银河飘过,祖母说这是下大雨的先兆。果然,在黎明的时候,一场大雨便不期而至。祖母一字不识,但她能说好多有关云的气象谚语。她最是喜欢看云了。我时常记得她站在塬畔上注目天幕的情景。

乡居期间,望着天空飘移的云朵,我想,自己若能腾云驾雾,走到山外的世界该有多好。那种奇思、浪漫,时常充溢于心间。"高粱垛上的云朵,牵起如帆的遐思。"我在一首诗中写道。后来,我离开了大山,到城里居住了,却不曾看到云朵在广袤天宇间遨游的景致,心中自然也便少了美好的情思。

我是该回故乡看云了。那给我启迪、给我遐思的云,那瑰丽的、飘逸的云。

北　方

村庄散落在大地上,如一朵一朵的野花,使大地摇曳出美丽的色彩。如一颗珍珠,五彩斑斓,熠熠生辉。

窑洞、篱笆墙的影子、水井、大柳树、袅袅升腾的炊烟、盛开的向日葵、绿色的田垄、开着淡紫色小花的豆角地、抽出红缨长满绿色宽大叶子的玉米、茂密的白杨树林、荷锄而归的农人、觅食的花公鸡、晨曦中走向田野的牧羊人……村庄,是一首优美的歌谣,是一幅瑰丽的风景画,是一首抒情诗。

北方的黄土丛山,村庄掩藏在大山深深的皱褶里。远远看去,北方的群山,便显得辽阔、博大,沉静而空旷。天与地之间是那样的透明。一座一座的黄土丛山,如奔马,在晚霞的余晖中显得异常壮丽、奇伟;而在晨光熹微中,当朝阳还没有从东方的地平线升起,群山则笼罩着如烟的晨雾,缭绕着大海一样蓝色雾霭。

我常常想,在很久很久以前,北方一定是辽阔的大海。你看,黄土丛山起伏的曲线,不正是大海的波涛吗?北方那湛蓝而透明的蓝天,不正是海水的倒影吗?

也许,很久很久以前,北方是森林和草原。繁花似锦的草地。茂密的松树林,河滩地上和森林中星罗棋布的湖泊。成片的云杉林,白桦林,长着小片阔叶的椴树林。一眼望不到边际的灌木丛。现在的沙漠,那时是湖泊和草地。草地上百花盛开、草木葱茏。草地上的湖泊,漂浮着杂草的叶子。除了湖泊和草地,还有河流。雄伟壮阔的大森林,有弯弯曲曲的河流。河岸上,横着粗壮的树木。河水清澈见底,秋天的河面上铺满了五颜六色的落叶。

村　庄

　　我常常站在田垄边,望着大地上那些若隐若现的村庄。这些村庄,宛如繁星,点缀着多彩的大地。

　　是谁最先来到这块土地的?也许,很久以前,一个人披着蓑衣,赤着脚,在一个细雨蒙蒙的傍晚,在高原行走。他一定是走累了,口很渴,也很饿,于是他伸手摘了树上的野果子吃。是夏季,野果子还没有熟,泛着青绿的光,味道酸涩,但水分充足,他一连摘了好几个,有滋有味地吃光了。那时候,这片土地到处是森林,是草原,还有湖泊。天黑了,他就走进一片森林,在一棵很大的柳树上,睡了一夜。

　　清晨,太阳从东方的山岗上升起第一缕晨光。这是大自然最美丽的时分。清晨的光线披着一层绒状的光洁,树林里弥漫着草叶清新的气息。他没有走,就在这片土地上留了下来,春夏秋冬,经年经月。

星罗棋布的村庄,升腾起一缕一缕的炊烟,以及沟坡底那一条清澈的河流,让我们的童年像纯真的梦境。

> 月亮在白莲花般的云朵里穿行,
> 晚风吹来一阵阵快乐的歌声。
> 我们坐在高高的谷堆旁边,
> 听妈妈讲那过去的事情。
> ……

这就是村庄,一幅多么美丽的水墨画。

村庄,真是一首抒情诗,写满了童年的诗行。

夜　行

不知你有没有夜行的经历？我觉得一个人如果有过一次真正的夜行,如在夏天的夜晚,在乡村整整行走几十里,那一定是非常难忘的人生经历。

乡村的夜晚非常宁静。整个大地仿佛已经沉睡了。这时候大约就是凌晨一时,山村里没有一户人家的灯是亮着的。高原上,朦胧的月光下,只能隐隐的看到大山起伏的轮廓;在靠近河野的沟畔,已经微微地静悄悄地升腾起一股雾气。一种迷离的气息笼罩着高原,更显大地的幽静。

有两三个人轻轻地走出了窑洞。行李早已收拾好了,也就是一个小包,背在肩上就出发了。父母只是轻声地叮咛了一句"路上走慢些",就睡去了。我们沿着村里的小路,小心行走。乡村的小路,蜿蜒曲折,崎岖难行,加之又是夜晚,虽然我们很熟悉地形和路况,但是真正在夜晚行走还是感到有些不适。每个人都不说话,生怕惊扰了夜的宁静。

翻过我家对面的杏树林,就到了平坦的塬上了。到处是庄稼地。成片成片的谷子,长得有一人高,宽大的谷叶,滚动着夜露,湿漉漉的。山风徐徐地从远处的山岗上吹过来,谷叶簌簌作响,似美妙的小提琴曲。空气中飘荡着庄稼甜蜜的气息。

小路就铺在庄稼地。夜晚,在庄稼地行走,似乎身体全被庄稼拉扯着,让你迈不出脚步。庄稼在这个时候全会说话了,眨着眼睛,一齐扮着鬼脸,嬉笑着,偷偷地拉你一把,跑了;又一个扯着你的衣服,拉着你的手。有时简直迈不开脚步,却又不能发脾气;因为我们知道这都是"调皮"的庄稼在"添乱",但是我们拿它毫无办法。

大约走了两个小时,才走了很少的一段路。全是庄稼地。不仅仅是谷子,还有大豆、玉米、高粱、糜子。成片成片的庄稼在月光和星光里,沉浸于幽思和遐想之中。偶尔,我们能惊起一只飞鸟,但很快就不见了。

夜晚的庄稼地多么优美,每一株庄稼,在夜风里都轻轻舒展着身姿。大地安祥地拥抱着庄稼,为庄稼提供着甘露。庄稼的叶子上,散发着土地的清香。土地与庄稼,与繁星闪烁的夜空,是一体的。在庄稼地行走,简直感觉天地间全是庄稼,那星星,就是谷叶上的一滴露珠。

我们还是忍不住,都没有说话,在庄稼地坐了下来。皎洁的月光下,庄稼地是一片墨绿的色彩。远处的山洼里,是一层浓重的暗影,让人感觉庄稼也是有性格的,有单纯、天真的,也有深沉、厚重的。

　　黎明前,我们来到了一条河边。要沿着河流行走很长的路,才能到达目的地。很快,我们渐渐地感到有拂晓前的曙光从东方的山谷间升起。清澈的小溪流在青石间流淌,我感到,有一种爽朗轻松的血液在我体内流动。我迈着轻盈的脚步,走向远方广阔的世界。

春　野

居家的坡下,是一块很开阔的河滩地,地势辽阔且平坦。西头是农人的蔬菜地,种些辣椒、柿子、白菜、黄瓜;东头,靠近河沿的地方,则是一片很大的树林子,杨树、柳树、槐树、桃树,齐刷刷地占了大半个河滩。

我总是爱在春天,当各种野花灿烂开放的时候到树林里小坐。阳光和煦,百鸟啼鸣,春意盎然的树林里,打碗花、蒲公英、狗耳草、野菊花以及好多不知名的花儿,开得铺天盖地、绚丽多姿。置身其中,宛若在万千个婀娜多姿的丽人中行走。尤其是打碗花,一朵一朵的花瓣儿组成浅浅的"花碗",一枝花蔓上便有许多的花碗儿,白里透出淡红、淡紫,热情中显出朴素。

这里似乎永远都是宁静而安谧的,没有声息。当夕阳的余晖在树林间投下点点金光,一只又一只小蜜蜂在花草间飞来飞去时,你甚至觉得这里已很久没有人的足迹了。达·芬奇的《蒙娜丽莎》给人的是一种领略不尽的圣洁、宁静和美丽,而大自然的这种无穷韵致,又有几人能够领略?

在我的书桌上,有一本珍贵的植物标本。这是前些年在乡间生活时,我在山坡草地、田野路旁采集的。金盏花、白花草、牵牛花……每当夜深人静翻来时,便有一股清香扑鼻而来,我似乎又回到了那绚丽多姿的田野之中。

让我们都走出去吧,到山花烂漫的山野里坐一坐,哪怕只是片刻,也会拥有怡然愉悦的心境。坐在铺天盖地的花草间,张开肺叶,尽情地呼吸,似在吞纳天地之灵气。此时,四周一片寂静,几只蝴蝶飞来飞去,微风轻吹,花儿点头,我自己也仿佛成了一朵野山花,在春的山野里,绚丽地开放了,散发着芬芳……

乡村淡影

被杂草覆盖的小路

如果不是我曾经的熟悉,很难有人会辨认出那隐藏在杂草丛中的曲折小路。

记着我在拂晓的晨光中迎着山野徐风,踩着朝露,踽踽而行。

小路就在陡立的山崖上悬挂。每次行走,少不了父母的叮咛。

如今,小路被沙棘、柠条、野酸枣树所覆盖,被各种草木所覆盖。

雨水已经将小路敲打得一片破碎。我看到路边的崖畔上,盛开着几朵山丹丹花。多么鲜艳的山丹丹花,在这人迹罕至的地方摇曳着。

行人已经改行山上的柏油路了。这山野小径,悠悠欲断。被杂草覆盖的小路,铺满了童年的记忆。

树荫地

乡村的树荫地,盛满了清凉,盛满了诗意。

绿色的叶子,水洗一般晶亮。山风吹来,树叶沙沙作响,吹落一地的凉爽。

远方是起伏的大山,是飘浮不定的云朵。故乡的老柳树,就映衬在山梁起伏的曲线上,点缀在炊烟升起的窑院前。

午饭后村人纷纷来到树荫地纳凉。柳树的浓荫,映出夏日山村优美的疏影。

在树荫地小憩,或静坐,或聊天,是最为闲适的了。乡村的树荫地,是心灵的摇篮。我渴望在炎热的夏天,再回到故乡的树荫地纳凉,那是金子也买不到的凉爽和自在。

山 溪

在幽静的山涧深处流淌。涓涓细流,从石壁的缝隙间奔涌,汇成小溪。

像刚刚长出的树叶,充满生命的绿意;像晨曦的第一缕光芒,闪耀着欢快的旋律。

光滑细腻的河卵石,与清清的泉水,奏出奇妙的旋律。远远地,我听见清澈的山涧清音了。我在河边的一块石头上坐下来。无数的浪花像小孩子,在我身边欢笑着,奔跑着,歌唱着。

过了许久,我睡着了。我梦见自己也变成了一朵小浪花,跳动着晶莹的欢快的音符,流向远方。

苜蓿地

昨夜,我梦见了故乡的土地上,满山的苜蓿开花了。

好大的一块苜蓿地呵,从我家土窑洞后面的山坡上一直铺展到遥远的地平线了。绿色的茎秆上,挑着紫色的花朵,铺天盖地,无边无际。

有彩色的蝴蝶飞来。蝴蝶在苜蓿花瓣上停留了一会,又飞到另一处苜蓿花丛里了。

我挎着小篮走进苜蓿花丛。我在这边的花丛停留了一会,又走到另一处苜蓿花丛里了。

在黄山(2013 年 10 月)

在新西兰(2010年春节)

旅行手记

寒山寺

"姑苏城外寒山寺,夜半钟声到客船。"

没有乌啼,没有霜月,没有渔火。寒山寺在一片纷乱繁丽的城内,原以为"寒山"是地名,来此始知为一唐代高僧。

传说诗人张继去长安赴考,落第返乡时途经姑苏城。同乡的人中了进士,他心情忧郁,惆怅难眠,遂成《枫桥夜泊》。

寺以诗传,一首诗使寒山寺名扬千年。这是一句肤浅的广告语所不能替代的,这就是文学的魅力。

双龙洞

双龙洞在浙江省金华市,不大为人所知。到衢州了,却突然记起上小学时,学过一篇课文《记金华的两个双龙洞》,是叶圣陶写的,就想去看。

细雨蒙蒙。一个人撑着伞,在雨中行走好久。记得上学时,课文中叶圣陶先生写的一个情节让我印象很深。他说进双龙洞的时候,要坐一只小船进出,船很小,只容两个人并排仰卧,再没法容第三个人。船两头都系着绳子,管理处的工人先进内洞,在里边拉绳子,船就进去,在外洞的工人拉另一头绳子,船就出来。

或许是北方没有这样的风景,我对课文里写的这只小船很好奇。这次来了,我也坐小船进了双龙洞。和叶圣陶先生描述的情形一样,船只容得两个人仰卧。只是不用工人拉绳子了,电钮一按,船便自由进出。还有一个变化,就是内洞与另外的一个洞打通了,出洞的时候可不坐小船,从另外一个洞出去。

双龙洞之奇,奇在仰卧着坐一只小船进洞。

江郎山

出江山市20余公里,就到了江郎山。

远远地就看见高山上有一奇峰,及至近前,才看见是三块巨石耸立,谓之"三片石"。其中两块巨石中间只容得一人行走,抬头仰望,天空是一抹细线,称为"一线天"。

石峰的颜色如北方的红砂石,谓丹霞奇观。石峰上凿有台阶,甚为绝险。三石耸立,传说是古时候姓江的三个兄弟登山,变成三块巨石,故称"江郎山"。徐霞客三次到此,惊叹"奇"、"险"。

任何风景如有传说映衬,有名人咏叹,便有了内涵。内涵有如灵魂。

麦积山

我常常想,究竟是一种什么力量在支撑着人们,在如此险绝的山峰上挖了如此多的石窟,从而使之成为中国雕塑艺术的宝库呢?

麦积山孤峰突起,耸立在秦岭西端的千沟万壑之中,犹如农家麦垛,因此称为麦积山。麦积山石窟从十六国后秦时期营造,据说当地有谚云:"砍尽南山柴,堆起麦积崖",可见工程之浩大。

是精神信仰的需要,才产生了这一石窟艺术的杰作吧。五胡十六国时期,也就是前秦、后秦和北魏时期,北方长期的战乱,百姓流离失所,人民精神痛苦,于是大兴佛教,凿石窟而奉之。

那个时期人们没有什么信仰,只好信佛,为后人留下了石窟艺术。那么今天的人们又能为后人留下什么呢?

乡村往事

一

或许是出于对乡土的眷恋,我对乡土上的事情非常关注。我在探究一种历史。我总是觉得,在这起伏的山野沟壑之间,有一种悠远的往事如云一样飘浮不定,它在诉说着这块土地的神奇以及人与土地的复杂关系。我想知道这里曾经发生过什么。乡村,远去的乡村。

咸丰年间,榆林米家沟的米氏家族,由于家族庞大,人口太多,有一部分人家迁到了一个叫硬地梁的村子。米家沟在什么地方,我没有调查过,前不久在《绥德县志》里看到,绥德田庄有一个叫米家沟的村庄,居住着米氏,我想或许就是这个村庄。硬地梁是怎样的一个村子,我至今都未去过,但听老人们讲这里土地瘠薄,多沙,缺水。到了光绪年间,发生了一次大年馑,好多人难以生存下去了,这时就引发了一次很大的逃荒。有弟兄两个,从硬地梁逃荒起身,一路走到了横山县石窑沟王铁家墕村。老大对老二说,你先住在这里,我继续往南走;如果南面的地皮好,我来接你。这样,老二住在了横山县王铁家墕村,老大沿无定河、延河南下,到了安塞县坪桥一个叫春家湾的村子住了下来。

这大约是1890年的事,距今已120余年。逃荒的时候,老大背着他刚出生的儿子。他的儿子,也就是我父亲的爷爷,1943年去世时53岁,由此推算,当在光绪十六年。

那个时期,正是陕北地面上旱灾频发,匪盗四起,饥人相食的时期。据《横山县志》、《靖边县志》和《安塞县志》记载,光绪年间,陕北有过三次较大规模的旱灾,导致饥人相食,十室九空。而榆林地面由于多沙,缺水,旱情更甚。三次旱灾,分别是光绪三年、光绪十年和光绪十八年。光绪十八年(1892)旱情甚为严重,及至五月,未见苗茎。安塞地面,人烟稀少,土地荒芜,一遇雨水,庄稼极易丰收。榆林大量的逃荒人口,都在安塞、甘泉、志丹一带落脚。我母亲的祖辈也是榆林逃荒到安塞的。我母亲的爷爷,在大饥荒的年代,他们的父亲贫病交加去世了,也是弟兄两个,一路讨饭,到了安塞王家湾高龙山村,给当地的一户人家当长工。后来,这户人家觉得这个长工忠厚老实,有苦力,就将自己的女儿许给了长工,并指了一块土地给女儿女婿。新的土地上挖了窑洞,播种了谷子、玉米,升起了炊烟。这就是村庄的起源。

我曾经不止一次地问父亲,他记忆中的乡村是什么样子,或者说,他祖辈所生活的乡村是什么样子。然而,当我听完父亲的叙述,我突然发现我提的问题是非常幼稚和单纯的。我眼前浮现的,是一百多年前,那个炎热的夏季,抑或是黎明的薄雾中,衣衫褴褛的饥民,面临着饥饿、瘟疫与盗贼的巨大威胁,一路逃命的艰难情景。

我爷爷的爷爷,逃荒到了安塞后,先是在坪桥的春家湾住了一年;接着,又在坪桥的吴家湾、高粱湾、枣树湾住了一段时间,最后在坪桥赵家湾安家。枣树湾与赵家湾隔着一座山梁。两个村庄坐落在很高的山梁上。枣树湾村以前是百余户人家的村子,吃水要赶着毛驴到山脚下的山沟里驮水,现在却没有了人烟,成了废村。

二

父亲小时候学过毡匠。我常常问起他学毡匠的情景。

那时候他13岁,跟随子长县一个毡匠师傅学手艺。毡匠师傅大约是乡村里一个极为破败的艺人,矮瘦矮瘦的,驼背。不知为什么,师傅欠了一大堆债。他带着两个徒弟没明没黑地做毡匠活,挣的工钱全被债主扣留了。一年下来,两个徒弟分文未得。

"把咱们喂的大绵羊拉上,跑!"另一个徒弟对父亲说。他们一年四季到处行艺做毡匠活,却喂了一只很大的绵羊。"把这只绵羊卖了,就够咱俩的工钱了。"两个徒弟说。

两个徒弟娃娃拉着一只大绵羊,趁着月光,走了整整一夜,离开了瓦窑堡,来到了安塞地面。他们的师傅也没有来追,他清楚地知道,他的徒弟,是拉着大绵羊逃跑了。

这也是旧时代乡村艺人艰难的生活反映。不管是哪个朝代,乡村,都有破败艺人,父亲常说。他们虽然有手艺,但是穷困潦倒,债务缠身。

三

我的爷爷是"忌口人"。而我爷爷的爷爷,也就是榆林硬地梁逃荒到安塞的老人,也是"忌口人"。

我没有考证过,"忌口人"是属于哪一种教派。"忌口",就是忌荤食,所有的肉食均忌食用。他们也有一种丧葬礼仪,"忌口人"中的某一人去世了,其他人前去一同念经,为之超度。光绪十六年(1890),正是大饥荒的年代,他们逃荒起身。连维持生命的粮食都没有,还何谈肉类食品。索性把荤食都"忌"了吧,我不知道,他们"忌口"是否与灾荒有关。

祖辈一生贫穷,他们留下来的唯一遗产,是两把锃亮金黄的铜马勺。据说那是我爷爷的爷爷,去河南给他那一教派的"忌口人"办丧事,回家时买的。

这两把铜马勺历经百年,现在完好地保存下来了。每次握着勺把,我似乎能感受到先辈的手温。简洁光滑的造型,经岁月打磨,弥漫着来自土地深处的清香。一把铜马勺,承载着一个家族百年的记忆。我爷爷的爷爷,我父亲的爷爷,在逃荒的路上,用这把马勺,舀起无定河的水,舀起延河的水,饮下岁月的苦涩,饮下人生流离颠沛的辛酸。而我舀起的,却是沉甸甸的历史。

流离颠沛的逃荒生活,使一家人的生存异常艰难。我父亲的爷爷,从15岁起,就接管家务,当上了一大家人的"掌柜"。父亲说,自从他的爷爷当上"掌柜",光景就有起色了,雇了几个长工,养200多只羊,两头牛,一大家人不愁吃不愁穿了。这个时候与横山县石窑沟的老二也取得了联系,弟兄两个才正式分家。

陕北岁月

这是一片广袤的高原。因有厚厚的黄土堆积,亦被称之为黄土高原。一座一座的黄土山峦像大海的波涛一般起伏连绵。积年的雨水割裂,便有了一道一道的梁、峁、沟、坡。白云在辽远而蔚蓝的天空飘移。高原便显得浑厚、壮阔、博大。勤劳的人民曾一度以头拢白羊肚手巾为衣饰象征,小米饭、酸白菜至今都是高原人喜爱的美食。他们像高原上的苦菜一样顽强、坚韧、生生不息。他们常常站在高高的山梁上唱《走西口》、唱《东方红》,那迷人的歌谣,那悠长悠长的音韵,一如洁白的云朵,经久不息地飘绕于大高原的千沟万壑之间。

这里曾一度是边关重地。古烽火台遍布整个高原。北宋王朝为抵御西夏马阵的入侵,修筑了许多的军事要塞。我们仅从县域名如靖边、定边、安定、安塞等字眼上犹可感触到那金戈铁马、烽火连天的往昔岁月。介于北方游牧民族与中原汉民族的中间,激烈的民族冲突,频繁的战争,曾长期伴随着这块土地。汉王朝对匈奴的用兵,西夏马阵与北宋军队的拼杀,相信都由此展开。陕北,是一块闪烁着刀光与剑影的土地。

行走在陕北大高原上,透过历史的层层烟雾,我们看到了民族艰难的生存史。在这薄山瘠水之间,在这千沟万壑之内,一次又一次的民族冲突,一次又一次的战火烽烟,盗贼、流寇、恶霸、污吏以及瘟疫、饥荒、苛政,犹如沉重的黄土山梁,沉沉地压在高原人的肩背上。崇祯二年,给事中马懋才奏陈陕西灾情时说:"臣是陕西安塞人。臣见诸臣说各省人民穷苦有父母弃子,丈夫卖妻,食草木根或白石粉事情,比臣故乡延安府,却还不算最苦。延安府已一年不下雨,八九月间,人民食山中蓬草,到十月,改食树皮,年底树皮剥尽,改食白粉,几天后,腹胀下坠,必不能活。安塞城西一带,每天有弃儿数人,呼唤父母,饿极拾粪吞咽,第二天弃儿失踪,被饥民抱去煮食了。城中人不敢单独出城,一出城门,便被捕食。"

马懋才所言乃是崇祯二年陕北地面的悲惨情景。距今 370 余年。其所述惨状,读来令人森然。然而,在漫漫的时间流程中,陕北人所历经的种种痛苦遭遇,又何止这些。我曾经到过好多的山野村落。在那苦焦的沟坡深处,炊烟缭绕的地方,便有一座一座破旧的古村庙孤零零地兀立在那里。庙不甚大,荒草萋萋,瓦砾遍地。我认真考察一番,只见庙里所供奉的大都是龙王神。陕北地面十年九旱,水土瘠薄。面对炎炎烈日,庄稼草木即将枯死,农人们便只好跪在龙王庙前,千呼万唤,泪流满面,乞求风调雨顺。这样,便有了一座座的山村小庙。"杨柳梢,水上漂,轻风细雨洒青苗。"这是《祈雨歌》里的句子。在炎热的六月天,村庙前总是有一群头戴柳树枝叶的庄稼人。

陕北高原南连关中,北抵鄂尔多斯草原,西出银川河套,东面过黄河进入晋地。延河与无定河浑浊且迟重地从高原上流过,滋润着这块苦焦的土地,并见证了这块地域的沧桑岁月。"可怜无定河边骨,犹是春闺梦里人",这是唐代陈陶《陇西行》里的诗句。在遥远的古代,好多北方马背民族如匈奴、羌、氐、党项、鲜卑等相继进入陕北。他们逐水草而居,漂泊不定,骑在马背上引弓搭箭,与汉人争霸天下。这一股又一股的洪水汹涌地冲击着高原,马蹄哒哒,扬起滚滚黄土。秦时,大将蒙恬督军三十万在这里筑长城开直道,以抵御匈奴铁蹄南下。

元朝一统天下之后,陕北已不再是边疆地域,战乱得以平息,人口得以繁衍,高原相对趋于安定。长期的战火,给陕北人的骨子里注入了叛逆不屈的血液,而闭塞的地域,又使这里的人民刁蛮、勇敢、行侠仗义。据说,清朝光绪年间有个翰林院士视察三边,他写《七笔勾》说这里是"圣人布道此处偏遗漏"之地。

这块黄色高原,千百年来,作为中华大地的一部分,曾洒下了我们民族历史的滴滴血泪,也产生、吸纳了一批优秀的、影响历史进程的人物。高原因他们的英名而闪耀着金光。他们也因有了这块高原,犹鱼入海,有如神助,呼风唤雨,成就一番伟业。

明崇祯初年,陕北遭受大旱。烈日炎炎,赤地千里。人们先是食草根、树皮,后来连草根和树皮也没有了,便吃石粉致死。当时,朝政腐朽不堪,田赋一次次加重,西北境内匪盗四起。这时,在陕北,出了一个令朝廷震动的人物。他就是米脂县的李自成。

自成本一介草民,他乳名黄娃子,家境贫苦,小时给地主家放过羊,后到驿站充当驿卒,还当过兵。崇祯元年陕北地面到处燃起起义的烽火。府谷王嘉胤、延川王自用、宜川王左挂、安塞高迎祥,以及洛川李老柴、保安神一元、清涧点灯子相继举义。起义农民军一呼百应,迅速波及关中。据《怀陵流寇始终录》载:"夷汉兵民相煽而动,披甲跨马之贼出没于蒲城、白水、泾阳、耀县、富平、淳化、三原及汉中、兴安,势如燎原。"可见当时义军发展之迅猛。自成先是在宜川人王左挂的队伍里混事,王左挂战败后,他又投到绥德人不沾泥的部里。崇祯四年,不沾泥被俘杀害。所部尽归李自成,自成于是渡黄河入晋,投兵于闯王高迎祥。

高迎祥崇祯九年七月间率部在关中与陕西巡抚孙传庭的官军作战中被俘,不屈就义,所部尽归李自成统辖。也就是在这时,自成被推为闯王。起先,闯王的义军也打了一些硬仗,但几经苦战,损伤极为惨重。十二年夏天,自成入河南,得杞县举人李岩、永城人宋献策、卢氏县举人牛金星等,身边算是有了几个文臣。这些文臣当初也确为自成出了好的建议。李岩劝自成"取天下以人心为本,请勿杀人,以收天下心。"自成接受了李岩的劝诫,并提出"均田免粮"的口号,一时民心相向,军威大振。

这是一个重要的转折点。形势迅速向有利于自成的一面发展。"均田免粮"使大批面临绝境的穷苦农民得到了土地,同时,起义军还将大量豪强地主的粮食用来赈济贫民。自成的军队被称为"仁义之师",所到之处,受到百姓的热情欢迎。

由于得到了穷苦百姓的拥护,大量的贫民加入义军,李自成的力量迅速壮大,战局发生极大转变。崇祯十五年(1642),李自成三次攻打开封,并由河南入湖北,在襄阳建立政权。在这里,自成召集群臣问计,确定了"先取关中,自山西攻取北京"的方略。

崇祯十七年,对李自成来说,一言难尽。这年的正月,他在西安建国,国号大顺,改元永昌,自称大顺王,并设官定爵,开科取士。

这时候的明朝廷,早已处在风雨飘摇之中。关外的清虽然也蠢蠢欲动,虎视眈眈,但根本不是义军的对手。

李自成率军于二月从西安出征,过黄河进入山西。一路势如破竹,所向无敌。三月十五日破居庸关,北京被围。

这位从陕北高原上走出来的贫苦农民的儿子,一路征战,终于将大明朝的皇帝拉了下来。他有着不凡的智慧,杰出的军事才能。他生活清淡,颇受将士拥戴。是他领导的农民军,推翻了腐朽昏庸的明王朝。

他骑着乌驳马,在文武官员的陪同下,由天安门进入紫禁城。四月二十九日,他登极称帝。在军事上,他达到了顶峰。然而,在政治上,他犯了致命的错误。据范文澜先生《中国通史简编》所述,自成入北京,明臣魏藻德、陈演率文武百官著素衣入朝庆贺,自成不出见,守卫军士戏弄降官,或推背脱帽,或举足踏头。大将刘宗敏则是忙着拷打京城百官,索要银两,并将明将吴三桂的爱妾陈圆圆据为己有。

这使得刚刚入城的李自成民心大失。同时,也激怒了吴三桂。本来,吴三桂是打算归顺义军的。但是想到陈圆圆,他竟然置民族大义于不顾,迎清军入关。四月三十日,也就是自成称帝的第二天,他退出北京,归返西安。从三月十九日进京算起,他在北京的日子,还不足五十天。

一个开国之君就这样匆匆地走了。消失在历史的深深尘烟里。我们不知道,他在退出北京的那一刻,心里如何想?

瞬间的成败,究竟给这位英雄留下了什么?

> 大风起兮云飞扬,
> 威加海内兮归故乡,
> 安得猛士兮守四方。

这是刘邦的《大风歌》。李自成是中国历史上继刘邦、朱元璋之后第三个布衣出身的、改朝换代的农民领袖。可悲的是,他虽然结束了一个王朝,却未能开启另一个王朝。他死时年仅三十九岁。他在军事上是非常杰出的。他的失败,全败在了政治上。

陕北大地上跃起的这颗璀璨的帝星,就这样陨落了。他给后人留下了无尽的遗憾与思索……

陕北桃花

连绵不绝而又广袤辽阔的黄土丛山,犹如大海一般,那一道道的梁峁沟壑,又似大海起伏的波涛。在略有寒意的飘扬着细微沙尘的陕北三月天,黄土高原是一派贫瘠、苍凉而又单纯的色调。然而,在向阳的坡面、硷畔、川道和村庄院落里,倏忽间你不经意间会发现有一抹又一抹鲜红的花蕾含苞待放,无声中传递出春的消息,那便是陕北桃花。而此时,山川里的毛头柳树已舒展出鹅黄嫩绿的新叶和线条,桃树在杏树之后的春意似乎姗姗来迟,但是,当那绚丽开放的桃花如彩云一样缭绕于黄土地的千沟万壑之间的时候,你会说,桃花才真正代表着陕北黄土地绚烂的春天……

我爱故乡陕北的黄土地,爱那遍野红树、满目清新的桃花。在如此瘠薄的土地上,能孕育出如此美丽的让人心醉不已的奇异花朵,真是生命的一种礼赞!哦,桃花,你那顽强的生命力以及在恶劣环境下所展示的超凡脱俗热情奔放的个性色彩令人们流连忘返,令人们产生无穷无尽的遐想。关于桃花,历代文人墨客都曾歌咏过。"草树知春不久归,百般红紫斗芳菲。"宋代诗人陆游咏唱的是桃花的色彩和桃花的生命力。而"山重水复疑无路,柳暗花明又一村",是人生的哲理。"自是寻春去较迟,不须惆怅怨芳时。"杜牧分明是见花伤感的情绪,而唐代诗人崔护的"去年今日此门中,人面桃花相映红。人面不知何处去,桃花依旧笑春风。"则有一个令人伤感的故事。细细玩味,谁解其滋味和伤感呢!《诗经》中曾有对桃花"桃之夭夭,灼灼其华"的描写,可见从古至今人们对桃花早已情有独钟了。而陕北人栽种桃花的习惯,也已经延续几千年的历史。陕北土壤适宜桃树的栽种。而勤劳朴实的陕北人更喜欢植桃种柳。碛畔、山坡、庭院、房前屋后,只要种下一棵种子,栽下一棵小苗,几年后必见新蕾绽放,桃林片片。

陕北桃花素以"灼灼之鲜,芳菲之艳"而著称。像倔强、质朴的陕北女子一样,装点着大自然,装点着陕北高原。"绛雪随流长,红云满洛滨。谷中声汨汨,疑是武陵春。"古诗这样赞咏,而陕北桃花如果赋予她生命的含义的话,甚比桃花源里的桃花更美。相传古代美女貂蝉曾将桃花碾碎成汁,溶入胭脂,擦抹后白里透红,面若桃花。这美丽的传说,一定会勾起人美好的思绪。"春来遍是桃花水,不辨仙源何处寻。"春三月,那"润物细如酥"的春雨,也会随着春姑娘的脚步,洒向贫瘠的黄土地,那雨中的桃花又是另一种境界。一场春雨过后,点点桃花的花瓣上滚动着细小的晶莹剔透的水珠。清新、鲜艳。给贫瘠的山村带来了多少活力,多少美丽,多少风光……"昔我往矣,杨柳依依,今我来思,雨雪霏霏。"在北国山村,雨中赏桃花的情趣,不亚于杏花春雨中的江南。瞧,那么多的城里人来山村了,他们就是被这桃林迷住了……

陕北之桃花与江南之桃花有不同之处。因为她所处的脚下土地不同。江南桃花多为火红,凝重、深沉,像笼罩着一抹愁云。而陕北桃花则热烈而深情,就颜色来说,有粉白、粉红、淡红、嫣红多种,而最以粉红居多,像朴质而大方的陕北女子。

"哥哥你走来妹妹照,
眼泪儿滴在大门道。
芦花公鸡飞过墙,
我把我的哥哥照过梁。
山又高来水又长,
照不见哥哥照山梁。
想你想你真想你,
三天没吃半碗米。
半碗黑豆半碗水,
端起个碗来就想起你。
端起饭碗就想起你,
眼泪儿跌在饭碗里。
想你想得吹不熄灯,

灯花花落下多半升。

墙头上跑马还嫌低，

面对面坐下还想你。"

听，这就是陕北女子，这就是陕北女人的个性。她们像质朴的桃花，美丽如桃花，敢爱，敢恨，对生活总是一往情深。人们不由得想起了这样的形象来：乌黑发亮的长辫子、红润的大脸庞、高挑的身材、一双明亮迷人的毛眼眼……在她们的身上，充盈着黄土的气息，桃花般的芬芳，和山野青纱帐迷离的禾香。这是山的女儿，黄土地的女儿。

"五谷子田苗儿数上高粱高，一十三省的女儿数上兰花花好。"在民歌里，过去的陕北人认为天下一共有十三省，所以如是所唱。一个陕北作家曾写道："陕北的女人也许是我见过的中国地面上所有地方的女人中最美丽、最热烈、最真诚的女人。"最闻名遐迩的要数貂蝉了。貂蝉是米脂人，她一出生，她的美便把自然界震慑了，"闭月"一词据说就是说她。据说貂蝉出世时，月朦胧，花三年不发，这大自然的异象将貂蝉的父母吓坏了，以为自己生下了一个怪物，于是将貂蝉用一张狐狸皮裹着，扔到城外，貂蝉的名字就是这样来的。这当然是传说，但陕北女人的美名由此誉满天下。而《兰花花》是极著名的一首陕北民歌。传说是民国初年，延安临镇川有一美丽女子兰花花，与本村穷人家小伙杨五娃相爱。兰花花的父亲将兰花花许给同村财主的儿子周麻子，婚后兰花花一肚子苦水，便和杨五娃逃走。这是陕北民歌中为数不多的，直接表现陕北女子反抗婚姻压迫、追求情爱自由的题材。兰花花,这个痴情的陕北女子,从此随着陕北民歌优美的旋律飘游四海。"上河里的鸭子下河里的鹅,一对对毛眼眼照哥哥。"这是电影《人生》中刘巧珍唱的。她的痴情、她的美好心灵简直就是陕北女子的一个缩影。她那围着红围巾红润的脸,白杨树一般笔直的身材,令多少人为之一往深情和感动。著名画家刘文西笔下的陕北女子,健康、美丽,尤其是那传神的眼睛,像陕北女子打开的一扇透亮的窗户。而更多的还有《三十里铺》中的凤英以及那望着赶牲灵的驼队的《走西口》中泪光莹莹的身影无不令世人回味。

陕北桃花,我由衷地对你说,你是黄土地的微笑,你是黄土地的骄傲。看到你,我就想起故乡的土地和那春风里的身影,你的根须深深地扎在泥土里,经历四季风寒,才有春天般鲜艳的微笑。

山丹丹

五月，在贫瘠的黄土山洼上，杂草丛中，山丹丹花开得一片火红、炽烈。

是在略显潮湿的、阳光不是很强烈的背洼洼盛开，在人迹罕至的山谷、沟畔。它是要选择在远离喧嚣的清静处绽放生命的激情与美丽吗？它是以宁静的心灵谛听大地的歌唱吗？

我在寻觅这生命奔放的色彩。纯净的独处和绽放，生命的热烈气息充盈着幽静的山谷。

春天的毛乌素沙漠

延河边上

记忆最深的几篇课文

小学毕业已经好多年了,有几篇课文却一直记得。有的课文题目也能记得,有的课文题目都忘记了,可课文里的情节,却一直记得。那是外部世界对我心灵的投影。我对世界充满了好奇。小时候的事,就是记得深。

去年夏天回老家,父亲取出一包沾满灰尘的课本,我一看如获至宝。这是我小学读过的全部语文课本。我翻了一遍,找到了我记忆最深的几篇。

小学语文第六册有一篇课文《荷花》,有这样一段:

我忽然觉得自己仿佛就是一朵荷花,穿着雪白的衣裳,站在阳光里。一阵风吹来,我就迎风舞蹈,雪白的衣裳随风飘动。不光是我一朵,一池的荷花都在舞蹈。

这段优美的文字,把我们带入了一片摇曳的荷花中。我一直记着这一池的荷花。多年以后,我在南方的一个城市见到很大的一池荷花。我在荷塘边流连了许久。故乡是没有荷花的。而这一池的荷花,就是我小时候梦见的那池荷花吗?片片荷叶,托起我童年的梦。

第七册有一篇课文《大森林的主人》,描写在森林里过夜的情景。

天黑了,风刮过树顶,呼呼地响。
"睡吧。"猎人打了个呵欠说。
我的眼睛也要合上了。可是这潮湿冰冷的地面,怎么能睡呢?
猎人带着我折来许多枞树枝。他把两个火堆移开,在烤热的地面上铺上枞树枝,铺了厚厚的一层。热气透上来,暖烘烘的,我们睡得很舒服,跟睡在炕上一样。

这段文字描写了秋雨季节,作者和猎人在森林里住的情景。绵绵的秋雨,他们住在森林里,感觉和睡在炕上一样。多么美好的森林。故乡没有森林。那时内心产生的对森林的好奇和向往,一直影响到现在。据我课本上的记录,作者是一个前苏联作家。前苏联有广阔的森林。有好多前苏联作家,喜欢写森林风光。屠格涅夫的《森林与草原》,细致地描绘了森林迷人的景色,我特别喜欢。

还是第七册,有一篇课文《小五更》是这样写小五更的:

我穿过棉花丰产地,顺着河边跑,河水照出我的影子,头发蓬蓬松松的像个乱草堆,脸也脏了。哎呀,这个样子怎么能上学呢?对,我先洗洗脸。

我刚蹲下来,就听见有人喊我,回头一看,生产队长在棉花地边站着呢。我慌了。他看我没去上课,一定要训我的。

课文写小五更去上学,在河边的麦地里,遇到了一群鸟。他只顾贪玩,上学迟到了。我一直脑海里记着一个孩子,穿过棉花地,顺着河边跑的样子。我们村庄在高高的山梁上,没有小河,因此,我渴望我们的村前,也能有一条河,也能有棉花地。

巴金的《鸟的天堂》在第八册语文课本里。课文写了作者乘小船去看"鸟的天堂"的情景:

我们的船渐渐逼近榕树了。我有机会看清它的真面目,真是一株大树,枝干的数目不可计数。枝上又生根,有许多根直垂到地上,伸进泥土里。一部分树枝垂到水面,从远处看,就像一株大树卧在水面上一般。

坐着小船,缓缓行驶。水面上有一棵大榕树。寥寥几笔,勾勒出了一幅优美的图画。

这是我记忆中印象最深的几篇课文。一池的荷花，秋雨中的大森林，棉花丰产地，大榕树下的一只小船。这一组组优美的图画，镌刻在我幼小的心灵里，并深深地影响着我的审美情趣。教育对一个人的生活有着潜移默化的重要作用。这几篇课文所呈现的画面，一直在我的心里闪现，使我在以后的生活中不断地去捕捉。我也曾多次翻阅我儿子的语文课本，除了《鸟的天堂》之外，另外几篇课文，我再也没有读到过。

我在小心翼翼地收藏着我小学读过的语文课本。我在收藏着一份童年的记忆，那难忘的美好和纯真。

读书散论

一

面对浩瀚的书海,我时常想,书籍的产生是人类多么伟大的贡献啊。它所展现的万花筒般五彩斑斓的生活,使我们的精神园地如野草地般亮丽而绚烂,散发着清新的气息。在书海里遨游,我们的思绪总是像飘荡在天空的云朵,自由、洒脱,广阔无垠。倘若没有书,我们的心灵世界将是多么荒凉。

二

是什么原因促使作家、艺术家从事创作,进而使我们人类拥有如此浩瀚的书籍呢?人行走在山川大地上,抬头仰望辉煌灿烂的日月星辰,俯察异彩纷呈的大地,思绪飞越千年,视野通达万里,于是或喜或悲,或哀或乐,情感需要宣泄,意志需要表达,作品便出现了。古时的老农在田野上耕作,虽然劳累,但日子过得还不坏,便唱道:"日出而作,日入而息。凿井而饮,耕田而食。帝力于我何有哉!"于是名为《击壤歌》的诗作诞生了。清人沈德潜说,"《击壤》肇开声诗",是诗歌的开始。情志既然使作家有了创作欲,那么情感便是作品的灵魂了。南朝人刘勰在《文心雕龙》里说,情志充沛而语言文雅,感情真诚而文辞美妙,是执笔作文不可动摇的金科玉律。这个话难道不是很对吗?

三

我时常在夜深人静的晚上,静读前人的文章。无尽的遐思令我浮想联翩,夜不能寐,心灵的触动使我久久不能平静。一部《诗经》,孔子经常读的书,至今人们仍然喜爱。《论语》廖廖一万余字,两千多年来流传不废,似日月经天,江河行地,熠熠生辉,有"半部论语治天下"之说。还有《唐诗三百首》、《千家诗》、《古文观止》、《史记》都是多么好的典籍啊。

四

真正的好诗该是屈原《离骚》、艾青《大堰河,我的保姆》、毛泽东《沁园春·雪》那样,直抒胸臆,激情澎湃,饱含着对人生、对土地、对祖国的一片深情。从《诗经》以来,纵观两千多年的中国诗坛,这不是很明显的吗?然而时下的诗坛,气息奄奄,诗歌逐渐变了面孔,艰涩深奥,无病呻吟,不知所云。

五

孔子在评论《诗经》时说:"诗三百篇,一言以蔽之,曰思无邪。"正是如此,两千多年来《诗经》始终流传不废。

好的小说是以丰满的艺术形象震撼人的心灵,激励人们坚韧不拔的人生追求,在广阔的社会背景上勾勒时代的轨迹。江姐、梁生宝以及保尔·柯察金,都曾那样剧烈地撞击读者的心灵,使人们终生难忘。英雄的时代,总是诞生史诗,史诗性的作品,总是激荡着时代的旋律。

时下的小说作品,人物形象苍白,故事情节单一,内容多是两男一女或两女一男互相争夺的情感纠纷。这样的作品,怎能启迪人的心灵、陶冶人的情操呢?

六

相对于小说、诗歌而言,散文则呈蓬勃之势。散文简洁,贴近生活,因而拥有一批读者。但更主要的原因是,散文的兴起并不在于它自身,而是小说、诗歌落后于散文的缘故。

贾平凹在一篇论及散文创作的文章中说:"中国散文的一兴一衰,皆是真情的一得一失。60年代初期之所以产生一批散文名家和名作,形成一个不大不小的高潮,依赖的便是真情的勃发。"确实,无真情不能成文。真情是散文的灵魂。当前,散文虽然正在兴起,拥有一批读者,产生了一些好的作品,但同时我们也看到了散文正在失去自我。好多散文作品没有生活气息,没有真情实感,作家们不到广阔的社会生活中去采撷真善美,而是挤在一个狭小的自我空间里,搜寻几段古事,发几段不着边际的议论,还冠之以"历史文化大散文",这样的作品,内容空洞,语言无味,有什么生活气息、时代情感可言呢?

七

记得一位作家说过:"真正的好诗应当是能引起它的那个时代深沉回声的作品。"我以为这句话同样适宜于小说和散文。作家们行走在祖国的大地上,他与祖国和人民休戚与共。他敏锐的视觉将他带入时代的各个角落。他对生活的感触将更细微、更丰富。他将自己的感受与体验通过文学作品的形式表达出来,这自然将受到人们的喜爱和共鸣。

眼下,有好多作品无人问津,过目而忘,这是不是作家们远离生活,远离人民的缘故呢?

八

我时常诵读普希金的诗歌。这位异域歌者,一路吟咏,将他的诗作传到异国他乡,并千百次地叩击我们的心扉。艺术没有国界。还有拜伦,还有莱蒙托夫,等等,诵读他们的作品,几乎使我们能感受到他们脉搏的跳动。肥沃的生活土壤啊,使一大批文学巨匠不朽。帕乌斯托夫斯基说:"对生活即对不断发生的新事物的感觉,就是肥沃的土壤,就在这块土壤上,艺术开花结果。"

九

  我以一颗跳动的、滚烫的心写下了上面的话。当我在光芒四射的人类思想文化殿堂前伫立时,眼前同时也呈现出艺术巨匠们那深邃的、悲苦的面容和他们心忧天下、执著求索的伟大情怀。

对生活的真诚礼赞

——读张思明报告文学集《延安大地出英杰》

我是很喜欢春天的。那杨柳婀娜的秀姿,那小燕子衔回的第一口春泥,那山桃花粉红的、绚烂的笑脸,每每令我沉醉。然而今年春天我很烦恼,于是便闷在房子里不停地读书。在读作家张思明的小说和报告文学期间,我读了一首诗,是乾隆年间一个叫黄景仁的人写的,很使我难忘。诗是这样的:

> 仙佛茫茫两未成,只知独夜不平鸣。
> 风蓬飘尽悲歌气,泥絮沾来薄幸名。
> 十有九人堪白眼,百无一用是书生。
> 莫因诗卷愁成谶,春鸟秋虫自作声。

诗作通篇郁结着一种悲凉、失意的气息。在人生的道路上,诗人怀才不遇,仙也无成,佛也无成,已经是山穷水尽了。可他还在深深的夜晚写诗作文,发出"不平"之鸣。韩愈在《送孟东野序》里说:"大凡物不得其平则鸣。"好多人都是为自己的不幸而鸣。也就是说,有好多人,他心情郁闷,心有千结,唯其鸣才可释其怀。

这真是古今文人普遍的人生境况。穷愁无奈却又冷眼看世,苦苦求索。读完张思明的书之后,我又一次这样想。

张思明年长我许多岁。他写了好几本书。每一次见到他,我便想,他为什么要如此执著地写作呢?他的内心也是不平吗?

他出生在黄河边上一片极苦焦的土地上,家境贫寒,母亲在他很小的时候便去世了。孤独的、缺少母爱的童年生活给了他一颗多愁的、忧郁的、脆弱的心灵。他用一支笔拨动着生活的五线谱,倾诉着内心的种种感受。几年来,思明夜以继日,辛勤劳作,先后创作了不少的小说和报告文学。

延长的那一块土地,走出了好多优秀的领导干部。他们高尚的公仆情怀,闪光的奋斗足迹,皆被思明记入书中了。这些年来,思明写了大量展现延长籍领导干部奋斗足迹的报告文学。仅《延安大地出英杰》一书就收入人物三十七位。这足以看出思明对于乡土的热爱,对家乡经济建设的深情关注。全书流荡着浓郁的生活气息,具有鲜明的时代特征。无疑,这些光彩照人的人物形象,他们长期积累的丰富经验,将给我们当前所从事的经济工作以极有益的启示。

报告文学的特点之一是真实性。这对于思明来说,是一个不小的困难。他为了采集足够的材料,丰富自己的内心感受,胳膊窝里夹一个小皮包,常常在外面奔波。他还多次深入田间地头,实地感受人物活动的客观环境,以求对事迹叙述的准确性和形象性。对于生活细致的、深入的了解和体验,使他采写的报告文学始终流淌着一股清泉,闪烁着生活的缤纷色彩,读来让人耳目一新。我认为这是思明报告文学创作最鲜明的特色。

思明说他还要不断地写。记得,那一夜,我们谈了许久。他给我讲了他从军的经历,他苦难的童年生活。我感到他内心是极其复杂的。他说他每天晚上九点开始写作,一夜劳作,次日中午才能休息,这令我想起了路遥。作家的生活是很艰辛的。他们"只知独夜不平鸣"的情景委实让人心地悲凉,但是既然选择了文学,写作,也只能是作家内心的自然啼鸣与歌唱了。

可是,我同时坚定地认为,思明如此"不平"的啼鸣与歌唱,不仅仅是他内心的一种声音。他体现了延长人民在变革时代对于美好生活的普遍向往、追求和真诚礼赞。

书　缘

我喜欢书。我对于书的嗜好，在别人看来，可以说是坏毛病，但我还真是积习难改。

我的家乡在黄土高原上极为偏远、闭塞的大山里。村里住的都是务实的庄稼人，他们很少有人识字，也没有人家里有书。小时候，我没有任何课外书可以阅读。我阅读课外书是直到小学毕业，上了初中之后才看了有限的几本书。我最初阅读的文学书籍是贾平凹的《贾平凹小说新作集》，高建群《新千字散文》。看第一本刊物是1984年《延河》"北方抒情诗"专号。

从小没有书读，长大后便喜欢书。对什么书都喜欢，不仅仅是文学书，历史、地理、天文、哲学、艺术等等各类书籍，凡是人家不要的,或是人家不太喜欢的,我统统拿来,作为自己的藏书。日积月累,我的书也就很多了。

书多了,就成了累赘。每次搬家,什么都觉得不重要,唯有书一本也不能丢。结婚不久买了一套两室的住宅,专门留一间卧室做书房。请木匠做了很结实的两个书柜,将我几年来积累的书一层一层的放在书柜里。晚上,我一个人在书房里,面对着满满两柜子的书,心里颇有一份欣慰感,觉得自己有了属于自己的书房,有了这么多的书,好像自己是世界上最富有的人。

明月为朋书为友。多年来喜欢买书,读书,使我对书籍有了依赖。每次外出,最喜欢逛的是书店。那次在杭州,住了有一个月时间,去的最多的地方是书店。唯一买的东西是书。书成了我生活的一部分。晚上睡觉时,床头必须有书才能睡着。回家喜欢宁静的一个人待在书房,即使是不看书,沏一杯清茶,借着窗外朦胧的月光,静静坐在书桌前品茶,或者一个人躺在书房,心灵觉得闲适而惬意。一切的烦恼也全消失了。

这几年由于工作的需要,我对民间文化、地方志等方面的书籍收集得更多。尤其是地方志,又厚又重,很占位置。我现在已经收集有二十多部地方志了,我打算把陕北以至陕西全省的地方志逐渐收集全,这样下来,光地方志就得一间大房子。随着书籍的增多,我的两个卧室,床头、写字台、地板上都摆满了书。我常对妻子说,我最理想的生活方式,不是其他,而是有一个很大的书房,能够让我的全部书都摆进书柜。而我,整天坐在书房,真正过一种半床明月半床书的生活。那是我所期望的。

参加国庆 60 周年群众游行演出(2009 年 10 月 1 日北京)

与刘文西合影(2015年2月)

让阅读带给我们诗意的生活

歌德有一句名言,他说,读一本好书,就是和许多高尚的人谈话。

每次到图书馆,我常常想,这应该是人类最令人充满敬意的建筑,是人类文明与精神的大厦,一切文化、文明与思想的集散地。每一个流连于图书馆的人,他的心灵将受到人类文明与智慧之光的照耀与洗涤。

整整有两天时间,我徜徉于南京图书馆古籍阅览室。南京图书馆在总统府旧址旁边,前身为创办于1907年的江南图书馆,是中国第一所公共图书馆,也是中国第三大图书馆。在古籍阅览室,我查阅了《中国地方志集成丛书》,其中影印本民国《安塞县志》我进行了认真阅读。图书馆的各种古本、善本非常多,而唐代写本、辽代写经,宋、元、明、清历代写珍本,已有400多种入选国家珍贵古籍名录。由此,我们可以说,如果没有图书馆这个载体,人类文明的聚集与传承,将无法想象。

图书馆由来已久,已存在了数千年。早在公元前3000年,巴比伦的神庙中就收藏有刻在胶泥板上的各类记载,这些胶泥板就应该是最早的书了。中国文明源远流长,博大精深,中国的图书馆也历史悠久。《史记》载,老子曾任周朝的"守藏室之史",就是专门管理图书的官吏。汉武帝时期,第一次由政府下令在全国征集图书。1800年前,中国发明了造纸术,造纸术的发明,促进了书的社会生产,书籍广泛走向民间,除官方藏书外,民间也建有藏书楼。明嘉靖四十年(1561),明兵部右侍郎范钦在浙江宁波建天一阁藏书楼,是中国现存最古老的私人藏书楼,也是世界上最早的三大家族藏书楼之一。乾隆编纂《四库全书》,下令各省采访遗书,并要各藏书家积极献书。天一阁进呈珍贵古籍600余种,其中有96种被收录在《四库全书》中,有370余种列入存目。其对中国文化的贡献由此可见一斑。

读书人爱书、藏书,嗜书如命。然而爱好读书之人,往往家贫买不起书,无有书读。是读书改变了他们的命运,给了他们高尚的人格,也留下了关于读书的感人故事。

汉朝时,有一个人叫匡衡,家里很穷,他白天干活,晚上才能读书,但又买不起蜡烛。于是,他偷偷地在邻居家墙壁上凿了个小洞,晚上借着小洞透过来的微弱光线看书,勤奋苦读,成为有名的大学者。明朝宋濂喜欢读书,可家境贫穷买不起书,他向藏书人家借书抄录,为了赶时间归还,寒冬里他手指冻得不可屈伸。嘉庆年间,宁波有一个叫钱绣芸的姑娘,她酷爱诗书,一心想登天一阁读书,竟要知府做媒,嫁给了天一阁藏书楼的范家。让她没有想到的是,当她成了范家媳妇之后,竟未能看到天一阁的任何一本书而郁郁而终,说法有两种,一种说法是族规禁止妇女登楼,一种说法是她所嫁的那一房范家后裔在当时已属旁支。在天一阁参观期间,我脑海里一直萦绕着钱绣芸失望而抑郁的眼神,一个爱读书的女人绝望悲苦的情怀。

读书是我们民族的优良传统。一个热爱读书的民族,是极具生命力与创造力的民族。读书也是一种诗意的生活方式。在雨后的黄昏,沏一盏花茶,看花瓣缓缓舒展,轻翻书页,书香与茶香袅袅升腾;抑或在夏夜之月下,捧书独坐庭前,星辉洒满书扉,山野清风送来花露凝香。这时,人与书、山与水、古与今皆融一体,呈现出生命的无限静美和诗意。

"热爱书吧,这是知识的泉源。"高尔基说。一位英国小说家也说书本是解开事物奥秘的地方,生活从来不解释。读书不但能够使我们获取人生的智慧和经验,而且能体验自然与生命的多彩,给我们每一个人带来诗意的生活。而这些,正是我们所渴求的。

安塞文艺的创作与繁荣

　　安塞深厚的民间文化土壤,催生了一批闻名全国的民间艺术家,使以安塞腰鼓、安塞剪纸、安塞民歌、安塞民间绘画为代表的民间艺术形成了品牌,焕发出新的色彩。进入新时期以来,随着经济社会快速发展,人民生活水平显著提高,城乡社会面貌发生了巨大的变化。新的时代,使广大人民群众对精神文化生活有了新的要求,同时,日益发展的经济社会也为文艺创作提供了更为广阔的空间。安塞的文艺工作者坚持深入生活,扎根生活,创作了一批优秀作品,使安塞的文学、曲艺、美术、书法、摄影、音乐等现代文化有了极大的发展。现代文化的发展,成为民间文化、历史文化的重要补充。从而形成了安塞全方位的、丰富多彩的文化格局。

文学艺术创作空前繁荣。一批优秀的中青年作者涌现出来,创作了一批贴近生活、贴近现实、反映时代变革的优秀作品。由于安塞的作者大都出身农村,具有农村生活的经历,因此他们创作的文学作品大都反映农村生活,具有浓郁的乡土生活气息。殷宇鹏、冯生刚、闫伟东、谷培生、郭志东、陈海涛、李留华、甄伟才、米宏清、张宏峰、杨士杰、袁延峰等一批中青年作者创作的文学作品先后在《人民日报》《陕西日报》《散文》《延河》《延安文学》等报刊发表。小说创作有了重大突破。李留华的小说《黄土谣》在《小说家》发表,郭志东的小说《看天》在《昆仑》发表,米宏清的小说《山沟拐洼》在《新大陆》发表,张宏峰的小说《黄土峁上荡过一支苦涩的歌》在《延河》发表。长篇小说创作有了可喜的收获。陈海涛的《人样子》、闫伟东的《塞西支队》、赵连胜的《高迎祥》、冯学福的《赌博》、邵东的《游走》等长篇小说先后出版。好多作者出版了散文集。殷宇鹏散文集《乡土的记忆》、谷培生散文集《崇拜山水》、甄伟才散文集《太阳门前来》、杨士杰散文集《陕北柳》、袁延峰散文集《乡情记忆》相继出版。郭志东主编出版了《安塞县文学作品集·小说卷》和《安塞县文学作品集·散文卷》,比较集中地展示了安塞县文学创作概貌。除文学作品外,一批介绍安塞黄土风情文化的书籍也陆续出版。师银笙著《安塞履踪》,冯生刚著《安塞民俗》,殷宇鹏、米宏清著《安塞民歌》,谷培生著《安塞剪纸与农民画》,郭志东著《安塞腰鼓》,赵连胜著《黄土地的骄傲》,张新德著《安塞腰鼓》以及米宏清著《多彩的乡情》、《文化安塞》,郭志东编著《陕北的魂魄》、《母亲的艺术》、《守望剪刀》,这些书籍,都从不同的角度,比较全面地介绍了安塞黄土风情文化,为人们了解安塞、欣赏安塞提供了便捷的途径。

摄影艺术有了发展,初步形成了阵容比较乐观的摄影创作群体。他们立足于黄土地,用镜头对准生活,对准陕北的山川、人物和风土,表现了黄土地独具特色的民俗风情文化。相对于文学艺术而言,摄影艺术对于安塞黄土风情的表现,更为广阔,更具地域文化特色。有一批展现黄土风情的摄影作品出版。谢妮娅、李芹、高明出版了《魅力陕北》,谢妮娅出版了《安塞腰鼓》,李芹出版了《铿锵腰鼓传心声》,延特伟出版了《安塞记忆》,刘毅出版了《安塞风景美如画》。冯生刚、谢妮娅、郭志东、延特伟、赵万忠、刘涛、白军、李亚东、白小岗、刘殿荣、郝廷俊等一批摄影爱好者的摄影作品在国家、省、市摄影展览中获奖。其中,冯生刚作品《庙会》、郭志东作品《鼓手风采》、刘涛作品《悄悄话》在"中印友好年·陕西文化周"活动中被选入"兵马俑故乡风物展",并在印度国家美术馆展出。摄影作为一种现代艺术,充分应用光和影的表现手法,展现了安塞山川之美,民风之盛,对于弘扬安塞黄土风情文化发挥了重要作用。

戏剧和曲艺创作有新收获。民间艺术培训中心编排了一批富有地方特色的小戏、小品和陕北说书,使戏剧和曲艺创作呈现出百花齐放的势头。小戏《贫困状元》、《三堂会审卧虎湾》、《乡村趣事》,小品《荒唐夫妻》、《栽葱卖蒜》、《检查检查》、《精精与能能》、《对酒》、《老相好》、《承诺》,陕北说书《请咱老革命回延安》、《老两口回故乡》、《安塞明天更美好》等一批节目演出后受到好评,并先后参加了陕西省戏剧奖小戏、小品调演,陕西省首届农民戏剧节、陕西省陕北说书优秀展演活动演出,并获多个奖项。

2005年,安塞县编排了大型陕北民歌史诗《信天游》。史诗由序曲《背靠黄河面对着天》、第一乐章《黄土里笑来黄土里哭》、第二乐章《千里雷声万里闪》、第三乐章《山丹丹开花红艳艳》、尾声《信天游永世唱不完》组成,参加了陕西省第四届艺术节演出,获优秀演出奖。2006年,安塞编排了大型陕北风情歌舞《庄稼人》。

美术和书法领域也涌现出了一批新人。薛敏、朱建伟美术作品《沸腾的黄土地》入选"全国第八届工笔画大展暨中国新农村建设成就绘画展",作品《安塞印象》参加"高原·高原——第三届中国西部美术展中国年度展"展览。尚书、殷宇鹏的绘画作品也在省级美术比赛中获奖。宋殿勇书法作品多次参加省、市书法作品展览。

受新时代新生活的鼓舞,音乐创作者也拿起笔,抒发情感,讴歌时代。郝正文《总书记和咱过大年》、樊高林《腰鼓颂》、殷超《我爱安塞爱不够》、杨占荣《唱一唱咱们王家湾》,以及刘位循、何延生《安塞姑娘山丹丹花》、党永庵《创业的哥哥回来了》、《打腰鼓的后生走北京》等原创新歌,既有传统民歌的韵律,又融入了时代元素,记录了安塞人民精神世界的巨大变化。

走近大师

安塞民间美术创作班将在深厚民间土壤的基础上力求表现内容、表现手法和风格的突破,使安塞剪纸和现代民间绘画创作进入更高艺术境界。来自全县各乡村的四十名新老剪纸、绘画艺术家将黄灿灿的谷子、糜子、大豆等农作物收割完毕后,拂去满身的田间泥土,拿起了剪刀和画笔。

作为民间艺术之乡,安塞独特的古老文化孕育出一大批如高金爱、曹佃祥、白凤兰、白凤莲、张芝兰、常振芳、李秀芳等数十位乡村妇女成为享誉国内外的剪纸艺术家。高金爱、曹佃祥等四人被联合国教科文组织授予"世界剪纸艺术大师"称号。现在,这些著名的民间艺术家齐聚一起。一幅幅被誉为是"活化石"的剪纸作品、被誉为是"东方毕加索之作"的现代民间绘画,就是从她们手中诞生的。

来自砖窑湾的高金爱现已82岁,是一位名副其实的艺术大师。她的作品《多喜》曾参加了法国"独立沙龙美展",颇负盛名。她并未读过书,然而她在这块土地上所获取的艺术养料,她对于生活的超凡感受,她对于艺术鬼斧神工般的表现,达到了极高境界。她尤其擅长老虎,造型奇特,王者之气十足。"十斤老虎九斤头,"她说:"剪老虎应将虎头造型拉大,这样的虎耐看。"这是她对艺术的独特理解。以创作《牛头》而蜚声画坛的薛玉芹已创作了几幅反映民歌内容的绘画,炉火纯青。她把刺绣中的针法灵活运用,变成绘画的笔法,工巧细致,风格独特。著名剪纸艺术家李秀芳正在创作反映民情民俗的大型剪纸,她在法国即兴创作的《猫头鹰》曾轰动一时。她能用剪刀,非常准确、逼真地再现生活中的日常事物,同时,能够根据自己的理解和感受,对于自己所剪的作品,尤其是动物剪纸,赋予一种深刻的文化内涵,表达出我们民族对于生命的一些认识。李福爱的绘画《春播》获全国民族文化博览会一等奖。侯雪昭的绘画作品多次在全国各地展出。她们两个居住在同一个村里,每年前去她们村采访的记者络绎不绝。常年从事稼穑,奔波于田间地头,乡间的一切事物,飞禽走兽、草木鱼虫,全进入了她们的艺术视野,因而她们的作品生活气息浓郁、乡风扑面。创作班还有好多十几岁的农村女娃娃。"她们都有着极高的天赋和艺术表现力。"陈山桥说。有一个叫郭洁的农村女孩正在创作表现大棚菜内容的作品,风格新颖,手法别致。我们问她:"是谁教过你绘画呢?"她笑着说:"没有学过,只是见妈妈画过。"人类童年生活的图景,人类最初精神与理想的记载物,奇异的花朵,长久地开放在这一偏远的土地上,原来竟是如此被传承下来的吗?我们惊异地想。

(刊于《延安日报》2004年11月9日)

独特的黄土风情

作为著名的民间艺术之乡,全市第三届小戏调演安塞代表队的专场演出特色鲜明,乡土气息浓郁,给人以强烈印象。

依托深厚的文化底蕴和独特的石油、天然气资源,安塞的社会经济取得了巨大的成就。在舞蹈《欢庆秧歌》中,人们敲锣打鼓,挥舞着彩绸彩扇,尽情泼洒着心中的喜悦。舞蹈《西部放歌》以一系列高难度的腾空翻跃动作,展示了西部人激昂的精神风貌。舞蹈造型夸张,构思奇特,旋律热烈、奔放,流荡着明丽的色彩。双人舞《山丹丹花》以陕北民歌抒情浪漫的旋律和优美、舒展的舞姿,表现了高原上的少男少女迷人的风姿和对生活的美好追求。舞蹈之外,晚会还精心选送了两首好歌,其中民歌大王贺玉堂的《泪蛋蛋抛在沙蒿蒿林》高亢、悠扬,响遏行云,引起了台下观众的极大共鸣。

　　作为整台晚会的重头戏,王克文编剧的小戏《石寨山》以毛主席转战陕北为时代背景,讲述了陕北人民为保卫党中央毛主席的安全而不惜流血牺牲的感人故事。农村姑娘小朵和游击队员高虎情深意笃,相约在梨花盛开的时节结婚。不幸的是,高虎被叛徒张树发出卖,落入敌手。张树发四处打听中央机关的确切住地,来到小朵家里。仇人相见,分外眼红,然而为了摸清敌方底子,小朵仍强颜欢笑。剧情跌宕起伏,一波三折,尤其是小朵为保护中央机关安全,提着马灯跑上石寨山给敌人发虚假情报的情景,感人肺腑,将剧情推向高潮。整个小戏场面悲壮,情节曲折,表现手法上以剧烈的矛盾冲突展示人物复杂个性,并注重刻画人物内心世界,是弘扬主旋律的一部好戏。另一部小戏《窗花婆姨腰鼓汉》,由张宏峰编剧。腰鼓和窗花是两个从事民间艺术的农村青年男女,且又从小相爱。一个打腰鼓出了名气,一个剪窗花赚了大钱。反映了民间艺术所具有的独特的经济社会价值和自身所蕴含的广阔市场前景,对加快传统民间艺术产业化具有很强的现实启迪。整部戏洋溢着浓浓的乡土艺术气息,明快、朴实、富于喜剧色彩。

　　演出的最后是腰鼓舞《鼓点催着时代走》,将男子腰鼓豪放的气势与女子歌舞的轻盈欢快相结合,将新时期高原人与时俱进的精神风貌展示得淋漓尽致。整场演出突出了乡土艺术特色,让人觉得这就是安塞的风格,唯此风格才属于安塞!

(刊于《延安日报》2004年8月17日)

做一个小提琴手

1974年春天,我出生在安塞县王家湾乡城黄梁村。这是一个很偏僻、很闭塞的小山村。没有电,看不上书报,吃水都要赶着驴到很远的山脚下去驮。

我的爸爸、妈妈是一字不识的农民,我有两个哥哥,一个姐姐。从我记事起,我们一家人没过过一天舒心的日子,全家人总是起早贪黑地为生活熬煎。由于家境的贫寒,我没有任何书籍可读,没有写字台,甚至连写诗的稿纸都没有。我上学已经十余年了,只买过一支钢笔,纸大部分都是向别人要的。

像大多数农村孩子一样,我从很小的时候起就参加繁重的体力劳动。每年假期,我都要白天上山劳动,晚上一直在煤油灯下写到深夜。家里没有写字台,我就伏在炕沿上或铺一张纸趴在锅台上写诗。有时我累得实在厉害,写着写着趴在稿纸上睡着了。爸爸说我整夜点着油灯写作,油贵,太费钱,但我不听劝阻。

我们家境贫寒,父母省吃俭用,恨不得将一块钱分成两半来供我念书。而我,又常常忍饥受冻,节省仅有的一点零花钱买点邮票和稿纸。现在,我的身体很瘦弱,这显然是营养不良的缘故。但是,不管自己多么瘦弱,我仍然要帮父母干那繁重的体力活。在经过那令人心酸的艰辛之后,我已发表了一篇两万字的小说和42首诗歌,获全国性文学比赛大奖五次。1992年11月28日,我获华夏青少年文学写作大赛二等奖,并应邀在北京人民大会堂参加了颁奖大会。

但我深感这一切是多么的微不足道,我深记着我生活中的所有艰难。我将要珍藏我所有的欢乐和痛苦,做一个诚实的小提琴手,永远地歌唱生活,歌唱故乡。

(此文是为《少年月刊》
1993年第11期"小作家试笔"所写的创作谈)

故乡和我记着
——诗集《山野的风》后记

我常常望着远方的天幕下,那辽远的天与地之间,山连着山。

田野里铺满了各色的野花。一阵清风吹过,花瓣上的露珠晶莹地滚动着。五彩缤纷的乡村小土路上,走着一个赤着脚片儿的乡村少年……蝴蝶在他的身边翻飞。远处的山坡上,是大片紫色的苜蓿花。

我似乎一直沉醉于这样的意境。山风知道我的心事,她荡漾起我心间的片片诗情。

可是,我并不会写诗。

现在想起来真有点好笑。在那深深的大山里,我没有读过一本文学书籍,不知诗为何物。大约是初二的时候,偶尔看到了一本《延河》期刊。那一期《延河》是"北方抒情诗专号",大约是1984

年的旧刊物,这是我读到的最早的文学期刊。其中,梅绍静的一首诗我读了好几遍。这是我最初对诗歌的接触。梅绍静的诗我很喜欢,也直接影响了我后来的诗歌写作。

从1990年起,我的诗作陆续在报刊上发表了,从我诗作的题目即可看出,那时我的诗歌是写给故乡的,《山里的弟兄》、《野山花》、《童年》、《山里大姐》、《杏花》、《槐树花》,全是那时的习作,内容都是写乡村的。需说明的是,收入本集的诗,全是我学生时期写的。均已在各类报刊发表过。

给过我文学创作重要影响的,一位是高建群,一位是梅绍静。我与高建群先生相识于1990年,那时我还是一个初中学生,他给我赠了他的散文集《新千字散文》,这是我读到的第一本文学书籍,深为喜爱,从此走上了文学之路。1993年,我所在的中学给我编了油印本诗集《野山花》,高建群先生给我写了序《飞翔吧,年轻的鹰》。后来,高老师写的序和我的组诗《野山花》在《少年月刊》1993年第11期《小作家试笔》专栏发表了。今天,我将先生的这篇序言收入诗集,作为对先生的敬意。1994年1月8日,在北京《诗刊》编辑部,我拜见了著名诗人梅绍静,她看了我的全部诗作,并给我写了"今后就算是你半个老师,好吗?"的寄语。后来,她给我写了几封信,教导我认真读书,细心吸收营养。遗憾的是,大学毕业后我进入了机关单位,再未写诗,深感辜负了梅老师。今天,我将梅老师的两封信收入诗集,等有机会了,我将去北京看望她,不知她后来是否一切都好。

今天,诗人们远离了大地,远离了人民,远离了乡村。他们的诗艰涩难懂,不知所云,比读哲学著作都让人费解。这真是诗歌的悲哀。也许,以后我还会继续写诗,沿着我的道路走下去,做乡村永远的歌者。

2011年9月19日晚于安塞

后记四篇

《文化安塞》后记

编写完本书,心里感到一丝欣慰,那就是我们为安塞文化的弘扬与传播贡献了一份绵薄之力。

我们是土生土长的安塞人,成长于安塞,且又在安塞工作多年。对于安塞的山水草木,对于安塞的文化,我们的心里充满深深的挚爱之情。近年来,安塞文化以其深厚的内涵和特有的魅力,享誉四海,来安塞考察、学习、采风的专家学者、各界人士和游客日益增多。他们渴望更多地探寻安塞文化,欣赏安塞文化,阅尽安塞风土人情,却又苦于找不到能够全面地、简洁地介绍安塞文化的书。出于对乡土文化的热爱,对生于斯长于斯的家乡的深情,我们编写此书。这是我们的初衷，也是我们理应承担的责任。

　　对于本书的编写，我们确立了一个主旨，主要是介绍安塞历史文化、非物质文化、现代文化和黄土风情文化。由于资料缺乏，加之没有编写经验，我们的编写设想和意图，我们对安塞文化的理解和思考，也许没有能够完全体现到本书的篇章之中，然而任何事情总不会是完美的，只要我们努力去做也就足够了。需说明的是，本书除《传说安塞》和《诗文安塞》两个篇章以及《人文安塞》之《安塞十景》为编选之外，其余均为我们撰写。因学识浅薄，错误之处难免，敬请读者批评指正。

　　著名作家、陕西省文联副主席高建群，中共安塞县委书记吴聪聪分别为本书作序，为本书增色不少。县长杨宏兰、常务副县长刘卫平、宣传部长屈永峰、副县长霍爱英也为本书的编写给予了很好的指导意见。谢妮娅、郭志东为本书提供了照片。谨向各位专家、领导以及支持本书的朋友致以诚挚的感谢。

（《文化安塞》由米宏清编著，2014年8月陕西旅游出版社出版）

《安塞文物》后记

　　2009年4月16日，安塞县第二次全国文物普查工作启动。经过80名普查队员的辛勤努力，历时30天圆满完成，基本探明了安塞文物资源，为安塞文物事业和经济社会发展提供了重要依据，被陕西省文物局专家组评定为优秀等级。

　　为了切实巩固文物普查成果，推进文化遗产保护事业健康发展，在省、市文物局的部署下，我们开始编写《陕西第三次全国文物普查丛书·延安卷·安塞文物》一书。经过将近6个月的努力，本书终于付梓。编写中，我们按照丛书编写大纲的要求，对大量的文物史料，主要是第三次全国文物普查工作的资料、成果进行了细致梳理，系统、全面地介绍了安塞文物，为人们了解安塞文物的基本情况以及研究陕北历史文化提供了翔实的资料。

安塞历史悠久，古遗址、石窟寺等历史文物及革命文物遍布全境，见证了人类文明辉煌灿烂的发展历程。丰富多彩的文化遗产是我们发展经济、传承优秀文化的宝贵资源。一直以来，我们希望做更多有益的工作，奉献对文物事业的热爱之心，不辱文博工作者的神圣使命。

由于我们学识浅薄，本书错误之处难免，敬请读者指正。

（《安塞文物》由米宏清主编，陕西旅游出版社2012年6月出版）

走在传统民间艺术的土地上
——《多彩的乡情》后记

处于黄河流域中上游地区的安塞，以相对独立的文化空间和地理空间，较为完整地传承、保留了具有鲜明风格的、多姿多彩的民间文化艺术。这种民间艺术被认为是真正积淀着民族、民间审美意识的创造艺术载体，是一种最为本原的文化。黄河流域人类早期孕育的文化，在这里得到鲜活的呈现。人类童年时代对于生命的理解和认识，在漫长的劳动生活过程中，人们的理想、情感和追求，对于美的认识，在这里都得到映照和准确体现。安塞民间艺术独特的历史文化价值和艺术价值，展现了我们民族文化杰出的创造力和生命力，是民族文化的重要组成部分。

进入文化部门工作后，我直接参与了安塞县非物质文化遗产保护名录的申报。先后有安塞腰鼓、安塞剪纸被国务院公布为首批国家级非物质文化遗产保护名录。另有六项被省政府公布为省级非物质文化遗产保护名录。这使我比较系统地考察了安塞民间艺术，探寻了安塞民间文化的发展历程。2007年5月，陕西人民出版社拟出版《第一批陕西非物质文化遗产图录》，受陕西省民间文艺家协会和延安市文化局有关同志的约稿，我先后承担了《安塞腰鼓》、《安塞剪纸》、《安塞民间绘画》和《陕北民歌（延安部分）》的撰写。该书于2008年8月由陕西人民出版社出版，并被省委宣传部列为"文化精品工程。"

近年来，前来安塞考察、创作采风的专家学者和游客日益增多。他们惊叹于这片天地绚丽多彩的艺术景观，却又找不到进入这片园林的路径。这本小册子，全面、系统地介绍安塞腰鼓、安塞剪纸、安塞民歌和安塞民间绘画的起源、流传、发展演变和艺术风格、传承人物，使人们能够便捷、简洁地了解安塞民间艺术，考察安塞民间艺术，共同构建我们的精神家园。这也是我对安塞文化的微薄贡献。

人类在漫长的历史发展演进中，创造了辉煌灿烂的文化，文化又反过来促进了人类认识和改造自然能力的提升和发展。因此，人类社会越是发展,文化的作用也就更加显得重要。当前,国家把文化建设上升到一个新的战略高度。我们应当珍视我们的文化传统,以高度的文化自觉和文化自信,保护好我们民族的文化遗产,弘扬中华文明。

带你走进艺术的丛林,感受大地清新芬芳的气息……

(《多彩的乡情》由米宏清著,2011年11月中国文化出版社出版)

《高金爱剪纸》后记

编完这本剪纸,心情久久不能平静。

首先,是我的心灵感到深深的震撼和敬畏,这是我们对于艺术的震撼和敬畏。这些剪纸作品,艺术手法洗练、简洁,其大胆的艺术想象力和创造力,是超出我的想象的。我简直难以置信,这些堪称中国民间艺术瑰宝的作品,竟出自一位乡村老太太之手,出自一位从未上过一天学、目不识丁的乡下女子之手。这些蕴含着深厚历史文化内涵的作品,成为黄河流域人类文化的"活化石",是最为本原的艺术。每一幅作品,都凝聚着劳动人民淳朴、深厚的感情,反映着劳动人民的心灵世界。我们不仅惊叹这艺术珍品的水准,更惊叹的是高金爱这位朴素的乡村老太太,为我们创作了这些惊世骇俗的艺术作品。

其次,是我感到深深的惋惜。高金爱一生坎坷,从小饱受生活的磨难。她长期生活在偏僻的乡间,对于她来说,从没有想到在劳动之余,自己随手剪的这些"花花"能有什么文化价值,更不会想到能编辑成书出版。记得,2007年7月,她被文化部公布为第一批国家级非物质文化遗产保护项目传承人,县上召开了座谈会,期间,好多人向她祝贺,她总是笑着说:"不就是剪了些花花嘛!"其乐观、豁达的心态,令人敬意油然而生。倘若她在世,能看到自己的剪纸作品出版,她一定是非常欣慰的,令人惋惜的是,她没能看到。

我们精选了高金爱毕生创作的剪纸作品,由于手头资料欠缺,有一部分作品,虽经多方搜集,但仍未搜集到,实为遗珠之憾。本书在编写过程中,得到各位同仁的大力支持,在此表示诚挚的感谢。

(《中国民间剪纸传承大师丛书·高金爱卷》由米宏清编著,金盾出版社2014年8月出版)

读茨维塔耶娃的诗

诗人的心灵永远是清纯的。诗是一种情绪。

在生活困苦和心灵孤寂中才能写出对生命充满热情的作品。诗歌就是生命的礼赞和内心情感的倾诉。

"但愿你们的黑夜能变得光明。"茨维塔耶娃在生活极度困苦的情境下仍然赞颂光明和希望。这微弱的幽暗的星光,照耀着每一个在黎明前疲惫行走的人。

故乡的窑洞

在浙江溪口

高原雪

雪,静静地飘落,飘落

一朵朵洁白、晶莹的雪花,自遥远的天宇,徐徐地飘来,如千万只白色的蝴蝶,飞舞着,盘旋着……天地之间无数只白色的蝴蝶,纷纷扰扰,纷纷扰扰……

世界是如此的静谧。天与地被这无数白色的美丽的飘飘的雪花覆盖,圣洁的气息笼罩着天地万物。宁静、自然而祥和,美与白是如此的简约、自然。

"北国的雪啊,多么美!"我不由得惊叹。面对漫天飞舞的雪花,我竟像一个热情奔放的孩子,用一种近乎儿童般天真稚嫩的口吻咏叹大自然的奇异景观。我心中激荡着浪漫的诗情,却以这样朴实的语言抒发心灵的咏叹。

"北国风光,千里冰封,万里雪飘。望长城内外,惟余莽莽;大河上下,顿失滔滔。山舞银蛇,原驰蜡象,欲与天公试比高"。很多年前,面对高原银装素裹的晶莹世界,一位诗人,那位骑着马,从遥远的南方,率领着具有铁一般革命意志和崇高共产主义理想的队伍,写下了这样优美的诗句。他是最具有浪漫主义气质的诗人,他笔下的高原雪景意境阔远,想象奇丽,弥漫着丰富的艺术情怀。他同时又是一名伟大的革命家,由雪景,他联想到了中华历史文明的进程。指点江山,闲庭信步,那份自信、从容,使他的诗具有强大的精神力量。秦皇汉武、唐宗宋祖、成吉思汗……历史的风云在他的心空掠过,他的思绪在历史与现实之间纵横驰骋。

一道一道的沟、坡被洁白的雪所覆盖。曾经是单调的海一般连绵起伏的山峦,幻化成一个冰雕世界。轻盈的雪花闪烁着洁白的图案,飘落在广袤的空间。我伸出双手,一片一片雪花飘进我的手掌,非常之轻,如一缕轻风,却又是那么美丽,六角形的花瓣构思精巧而奇特,具有天然的浪漫风格。

诗人饱览了北国壮丽的雪景,坐在一张小炕桌前,行云流水,写下了《沁园春.雪》,时在1936年2月,在清涧县袁家沟。1945年,诗人赴重庆谈判,柳亚子索诗,诗人遂以此诗抄送,一时洛阳纸贵,山城争相传诵。蒋看了毛泽东的诗,大为不悦,组织了一帮"御用"文人予以回击,然而,连蒋都不得不承认,这一场笔战,蒋输了。

高原,一片雪的世界。

真静啊,天地间是如此的寂静,无声无息。然而似乎又能听见雪花飘落的声音。簌簌、簌簌……我想起了一句话,"大凡伟人的身后,都是宁静的"。记不清这是谁的名言了。朦胧的雪雾中似乎有人在遥远的地方徘徊,思索着……

王家湾来的诗人

三月的山风柔和了、潮湿了,三月的土地松软了。在向阳的山坡上,正午时分,潮湿的黄土蒸腾起一缕一缕的水气。

山坡上的山桃花、杏花、梨花渐次开放了。高原,一片花的世界。

桃花是一片粉红的色彩,热情而奔放的桃花,体现出生命的张力。杏花则是淡白的,如一片一片的雪花,缀满了枝头。而梨花,却是白里透绿,迷漫着一层迷离的气息。

诗人骑着马,在大理河川道里走着。

我们从现在能够看到的,在毛泽东转战陕北期间拍摄的照片中,确实看不出什么战争的痕迹,倒像是一位旅行家,或是考察黄河的诗人。

他骑着一匹小白马,行走在乡间的土路上。

他戴一顶布帽,衣着朴素,不修边幅。骑在马上的他,神态安详,镇定自若,眉宇间有一股英气,内心透露出悠然和自信。

他的背后,是茫茫的黄土群山。

"我于1893年出生在湖南省湘潭县的韶山冲。我父亲叫毛顺生,我母亲出嫁前的名字叫文其美。

我父亲是个贫农,年轻时因负债累累,被迫去当兵,一当就是好多年。后来他回到我出生的这个小村子,靠做小买卖和其他营生,省吃俭用,攒了一些钱,赎回了他的地。

我刚认识几个字的时候,父亲就开始要我记家账了。他要我学习打算盘,因为父亲一定要我这样做,我开始在晚间计算账目。他是一个很凶的监工……"

1936年,在陕北保安的一孔窑洞里,毛泽东向远道而来的一位名叫埃德加·斯诺的美国人,谈起了自己的童年。

毛泽东的父亲于1920年去世。这位"很凶的监工",大概永远也不会想到,自己的儿子,会骑着马,行走在北方的原野上。

北斗七星照耀下的北方的原野,在春天,阳光明媚,天空如海一般湛蓝而宁静。青青的野草在阳光下闪耀着绿幽幽的色彩。

大理河水夹杂着初春泥土芬芳的气息,潺潺流淌。河流在宽阔狭长的川道里曲曲折折向东流去。这河流给初春的大地渲染出美妙的风景。在春天的早晨,晨曦从东方的山岗升起,河流闪烁着一朵一朵五彩的浪花,在川道的柳树林和浅草丛之间蜿蜒流淌。

部队从青阳岔出发,沿着大理河川,溯河而上,经卧牛城、大坪、高川,向王家湾进发。

1947年4月8日,在青阳岔毛泽东主持前委开了一个会,决定中央前委机关的代号由三支队改为九支队。九支队下属四个大队,一大队为司令部,司令员为任弼时,政委陆定一。二大队负责情报工作。三大队负责通讯联络。四大队为新华社。

为保密起见,这次会上,周恩来建议前委几位领导搞个化名,于是,毛泽东化名李得胜,周恩来化名胡必成。任弼时是司令,按照谐音化名"史林",陆定一是政委,便化名郑位。

王家湾

陕北的村庄,大都坐落在山坡上。

从青阳岔经卧牛城、大坪、高川溯大理河川道西进,宽阔的川道越来越狭窄,渐渐地,眼前兀立着一座陡峭险峻的砂石山,名为石寨山。从沟底往山上看,山势陡立,地势绝险。山下有两条小河,一条从东边一个叫榆山的小村子里流过来;一条从西边的银山峁流过来;两条小河在此交汇,名为"双阳河"。

村庄坐落在西边的山坡上,与石寨山隔河而立。依山傍水,地势险要,从地形上看,东有石寨山为屏障,西有连绵的群山为依托,易守难攻。

诗人骑着马,在春天的黄昏,策马来到王家湾。双阳河水静静地流淌着。晚霞的余晖使石寨山显得更加伟岸。他们住进了一个姓薛的村民的几孔土窑洞里。窑洞并不大，坐落在村子的半山坡上，坡下就是双阳河。

这个宁静的山村里来了好多人马，其实也不多，总共就是九百人左右，分别住在高川、银山峁、城黄梁等离王家湾很近的几个村庄。据说，诗人在王家湾居住期间，每天下午，都到榆山的河滩地骑马跑一圈。不知道他骑的是不是那匹漂亮的小青马，清凌凌的双阳河水，一定留下了小青马美丽的身影了吧？

在村子的后山坡上，是一片一片土壤比较肥沃的坡地。地里的苦苦菜、野小蒜被采光了。据说，有一天，诗人带几个战士在山上散步，发现了一种野菜，他亲自品尝，觉得这种野菜是可以吃的，于是他们就上山采这种当地人未曾吃过的野菜。这种野菜长得是什么样子，叫什么名称，我们不得而知。如果当时能将这种野菜的名称保存下来，那么今天一定是一道闻名天下的名菜了吧？

也就是在王家湾居住期间，中国战局发生了重大转折。西北战场取得了羊马河、蟠龙、青化砭战役的胜利，扭转了西北战局。刘邓大军千里挺进大别山，拉开了战略反攻的序幕。孟良崮战役全歼国民党军整编七十四师。东北战场，晋西南战场，每天都有胜利的消息传来。王家湾，让人们看到了中国革命胜利的曙光。

这位从湖南韶山走来的诗人，居住在当时中国北方最为偏僻、闭塞的小山村，指挥着全国的解放战争。他喜欢在晚上工作。初夏的夜晚，习习的山风夹杂着野艾苦涩的清香，漂浮在双阳河畔。土窑洞的那盏灯光，如同星斗，在幽蓝的夜空闪烁着。

在一个电闪雷鸣的夜晚,诗人离开了王家湾。雨哗哗地下着,山路非常泥泞。他们从王家湾村后的山坡上撤离,向天赐湾方向转移。如果没有刘戡追来,或许诗人在王家湾住的时间会更长一些的吧?不过,这五十八天,也足以让我们深深的铭记了。因为,这短暂的五十八天,留下了太多让我们思考的东西,那就是,小小的王家湾,住着九支队近千人的队伍,敌人近在咫尺却难以找到,这说明在当时,党与人民群众该是怎样的鱼水情深啊……

王家湾凭吊

当我怀着对一代伟人的缅怀之情流连忘返于这偏僻山庄时,当我想到一代艰苦卓绝的人民领袖曾骑着马走过我脚下的这块土地时,毛泽东和他的那些战友们离开这里已经四十四个春秋了。石寨山依然巍峨耸立,双阳河依然潺潺流淌。唯有我,面对这苍茫寂静的山野而陷入沉思。

这是一块贫瘠、荒凉的土地。革命的艰辛与浪漫使它蒙上一层庄重瑰丽的色彩。它因此而显得凝重深刻,因此而成了后人瞻仰和沉思的至圣之地。在墨客骚人的笔下,在无意的言谈中,人们自觉不自觉地会扯到这块土地,扯到这几孔陕北高原上随处可见的窑洞,扯到那个风雨大作的夏日之夜……

西北野战军到陇东出击去了。胡宗南命令军长刘戡以四个半旅的兵力突袭中共首脑机关,而毛泽东身边只有三个步兵连和一个骑兵连的武装。再看我们的领袖是何等的沉着坚定!他不顾风吹雨打,悠然地坐在院子吸着香烟。他说要亲自见识见识这个刘戡。身边人几次督促主席尽快转移,并说这里的老百姓由他们负责掩护转移时,主席才放心地走了。

就在那盏如豆的油灯下,就在那窄狭的小土炕上,毛泽东指挥了青化砭战斗、羊马河战斗和蟠龙战斗,三战三捷,歼胡宗南部1400多人,并写了《关于西北战场的作战方针》、《蒋介石已处在全民的包围之中》两篇文章,为西北战场的胜利指明了方向。

此时,当我望着这几孔风雨斑驳的窑洞时,我感到一种莫大的亲切。它宛如一条船,一驾天车,一乘帝王之辇,在将一代伟人艰难而迟缓地送向紫禁城那朱红的城楼上后,静静地停在这里,接受着后人至诚的抚摸。

当年为领袖带路的那个年轻的村长如今依然健在,他的每一句话都充满了敬意和感激。他尤其叙述了1976年9月毛泽东逝世时自己的感受。他说当他听到毛主席逝世的消息后,忽然间痴呆了!他久久站在毛泽东曾经散过步的地方,仿佛觉得是父亲死了!

这位老人的话使泪水模糊了我的眼睛。

石峡峪

以前,这里是茂密的森林。高原,山川,全被高大的树木所覆盖。远远望去,是绿色的海洋,广袤而辽远。

大自然的每一次演变,总是与人类有关。导致这里的森林环境发生巨大变化的是边民的迁徙以及战争。最大的一次人口迁徙,是朱元璋把中原的人口,用绳子捆绑在一起,在大槐树下像扔土块一样,把他们扔到北方的荒田、深山和密林之中。于是荒田、深山和密林里有了炊烟,林木急剧减少。向日葵宽大的叶子,被风吹着,在田里摇曳。

另一次,改变森林环境的,或者说,与这块林木有关的人类活动,就是20世纪的民族解放战争了。那时,这里的森林已经很少了。林木的面积,大约与今天相当,只是这些树木,更原始,更古老,更郁郁葱葱。

至少有两个班的战士,潜入了这片密林。向阳的坡面上挖了几孔土窑洞。浓烟,在密林上空升腾。正是初秋季节,树叶泛着淡淡的金黄色,密林里是一片五彩斑斓的色彩。

我们确切地知道有一名战士来自四川。他的母亲在他出生六个月后,因贫病交加,离开了人世。他的大哥给地主干活,累死了,他的二哥,沿街乞讨,饿死了。而他的父亲,流落他乡,生死不知。

寂静的夜晚,他想起了他的母亲。他望着密林上空,繁星闪烁。密林的夜晚多么清静,风,多么清爽。而星星,又是那么明亮,那么晶莹……

高大的树林布满了山岗、河谷。走进密林深处,遮天蔽日,看不到天空。树木粗大的枝干,撑起碧绿的叶子,阳光下闪耀着晶亮的光泽。一阵轻风吹过,密林里簌簌作响,空气中弥漫着清新芬芳的气息。如果没有风,密林里非常潮湿。

通向密林的是一条狭长的河道,河道两边是高大的灌木丛。杂草、野花和灌木覆盖了整个河道。清澈的小溪流在灌木丛中流过,沼泽地里长着茂盛的青草。溪流一直从河道里流出,流入远方的大河,河水中漂浮着金黄色的树叶。

他就是从这条河道走进来,进入密林深处的。然而,他永远没有想到的是,他竟再也没有走出这片森林,没有走出这条河道。他留在了这片密林深处,陪伴他的,是茂密的森林,以及森林上空那晶亮的星星。

她的母亲,在他六个月的时候,望着饥饿的、可怜的、无人照顾的他,离开了这个世界。她永远也没有想到29年之后,她的这个苦命的儿子,她的"谷娃子",永远留在了遥远的北方高原的密林深处。

绿色的森林,接纳了来自远方的灵魂,他的精神和生命注定如绿叶一样长青。他牺牲后,有一位伟人,在繁忙的工作中,参加了他的追悼会,并发表了《为人民服务》的著名演讲。他的名字,从此被人们所熟知,他,就是张思德。

雨,淅淅沥沥。森林里茂密的树林呈现着生命的绿意,也诉说着生命的沉重。多么幽静,万籁俱寂,仿佛刻意让你倾听大地的心声,历史的心声,以及关于生命的追问。每一位来到这里的人,心灵都会受到巨大的震颤,这是关于生命意义的震颤,以及反思……

魏　塌

在安塞最南边的楼坪,有两个地方最有名气,一个是张思德同志的牺牲地石峡峪,一个则是魏塔。

魏塔,何以有名?在于民风淳朴,具有古村风貌。从楼坪街道下面的小河蹚过去,有一条乡间公路,沿公路南行,溪水潺潺,叮咚作响。溪水流过浅草丛,流过茂密的柳树林,在岩石间溅起一朵一朵的浪花。沿溪行约五公里,可见石砌的窑洞,石砌的院墙,一排排错落有致。石头是清一色的青灰石,历经岁月,显得幽深、灰暗,使窑洞呈现出一种宁静美。有些窑洞已经无人居住了,有些依然有村民居住。院落外面的石头墙下,有几棵大柳树,树皮已经裂开,却枝繁叶茂。村落中有一块很大的磨盘,有画家范华的题字"魏塔古村落"。

魏塔村后面是一座很大的环形山。夜晚,便有明月高高挂在上面。翻过环形山,山梁、沟壑尽收眼底,呈现的是典型的黄土地貌。一日,有几位画家来到这里写生,他们惊叹这里民风淳朴,村落古朴,极具古村特色,是创作写生的好地方。于是,全国各地的画家、摄影家、美术学院的学生,便纷纷来到这里,由此而出现了一批反映魏塔题材的美术作品,如《魏塔的春色》、《魏塔窑洞》等等。

　　魏塔是陕西国画院的创作写生基地,每年,都会有好多画家在这里创作写生。他们来了,就住在老蒋的窑洞里。老蒋忠厚老实,待人热情。有画家喜欢树根,老蒋就扛一把镢头,翻过环形山,见了古旧的老树根就开始挖,黄土在他的脸上堆了厚厚的一层。画家一看,嘿嘿一笑,这正是好素材,于是窑洞、老树、老蒋都画进了画里。台湾有一个女孩,人们都称她小廖。小廖在魏塔住了整整一年。她是画油画的,每天拿着毛巾,脸遮得严严的,整个打扮让人感到很怪异。老蒋说她一个女孩子孤单,便帮着她扛油画架子,站在一旁看她画。时日既久,老蒋也拿画笔开始涂抹。老蒋把自己涂抹的画挂在自家墙上,来了几位画家,看了半天,都说这个画不错,还很有味,问谁画的,旁边的人都说是老蒋画的。于是,老蒋便也成了农民油画家。

　　这几年村子里居住的人少了,好多青壮年都外出打工去了,村子里便只有老人、妇女和儿童留守。有很多古旧的窑洞不再有人居住,院墙显得破落。有人建议把这些窑洞进行修葺,画家都说,不用不用,只有保持原貌才更古朴。古朴的村落,呈现的是一种乡村自然的美和文化。魏塔,是陕北古村文化的展示。其自然风光、村风、民俗、窑洞式居住环境、生产方式,都是农耕文化的完整呈现。农耕文明下的纯朴村落,如清清的山泉,流淌在高原,流淌在画家们的心灵里。

高石寨记

远远地望去,赤红的砂石形成一个偌大的石峰,如一团火焰在燃烧。火焰在熊熊地燃烧着,夕阳的余晖中,红色的火焰与天空的霞光融为一体,天地间一片绯红。

石峰的两边,是一条狭长的沟壑,形成巨大的石崖,站在石崖上向下俯视,只见深深的山谷像一条断线的绳子,在山壑中时隐时现,与远处的川道连接在一起。我们经过细细地勘察,发现当时住在石寨里的人们,就是通过这两条沟壑,往石峰上运送粮食、水和木柴的。

如果不是有熟悉的向导带领,我们简直无法找到登上石峰的道路。石峰呈葫芦形,远看四周全是断崖绝壁,石崖有数十丈高,望而眩晕。我们沿着石峰的前边小心翼翼地行走,这是通向石峰的唯一途径。很陡的石崖上,斜面有石凿的痕迹,也有开凿的圆形石孔,看出以前这里铺有木桩。小心地走过石崖斜面,只见有一石门耸立,地势绝险,真是易守难攻之地。

登上石峰,最醒目的是一段300余米长的石墙。石墙用很大的石头垒成,与石崖形成一体,增加了石崖的险峻,构成了整个石峰的防御体系,使石峰成为天然与人工完美结合的较为绝险的古寨。石寨前面是块比较平缓的地面,五六处石头砌起的四方形居室遗址,每个居室面积也就是20平方米。离居室不远是两处采石场,当时修筑石寨围墙和居室围墙用的石头,均采自这里。沿着石峰继续行走,是更为绝险的一座石峰,其形状如一只大乌龟,横卧在那里。我们几经寻找,没有登上去。但可见峰上依然有几处石头垒砌的石墙。

行走于石峰上,脑海里时时隐现着,在那人荒马乱的年代,乡民们在石寨上防匪的情景。他们在这里住了多久?他们艰难地将粮食、木柴和水从山下的高川村,沿着石崖边的羊肠小道背到这石寨上,他们生活得安宁吗?炎热的三伏天,石峰上烈日如火,他们是否望着那川道里浓绿的庄稼,甘甜的清泉而满眼泪水?寒冷的冬日,大雪覆盖了石峰四壁的悬崖,飞鸟难至,他们又是如何度过那漫漫的长夜?这究竟是怎样的一种生存状态呢,是繁星闪烁的温馨的夜晚吗?还是刀戈相见血肉横飞的惨烈厮杀?那曾经的炊烟,如今又飘散于何方?没有人能告诉我们。留给我们的是这险峻的石峰岗上的几截断石,而那躁动于岁月和生命深处的慌乱、失望和期待,连同那远去的灵魂,遗失于历史的深处。

据当地的老人传说,当年高迎祥起兵时屯集于此。我们经过细致考察,认为这或许只是传说。因为石寨过于狭小,最多只能容纳200多人生存。从石寨的防御来看,是当地的一些富豪人家战乱时躲在石寨上防匪的,并不具有军事性质。从石墙的建筑痕迹来看,尤其是残存的断墙,以及采石场的完整,可以看出石寨应在明代建成。明末,陕北大旱,赤地千里,大规模爆发的农民起义,使一些有钱的富户人家,选择险要的地形用以防匪。当然,由于地形的特殊,在不同的历史时期这里都是人们集体抵御外来威胁的最佳选择地。石寨的居室前面,一块有两个篮球场大的荒地上,杂草丛里有很多新石器时期瓶、罐等器物残片,纹饰以细绳纹为主。这说明早在新石器时代,这里就是古人类生活的遗址。

彩色的童年

远去的乡谣

缭绕在高原上的彩云
——信天游

在那高高的山塬上,那辽远的天空,千百年来,总是缭绕着一朵轻逸、瑰丽的云;

在高原的梁、峁、沟、坡之间,总是荡漾着一种热烈、甜美的旋律。

这就是信天游。

它优美、抒情、自由、热烈,是整个陕北民歌中最艳丽、最芬芳、最迷人的一束野花。

陕北天高地阔,沟壑纵横。由于这里水土瘠薄,村落偏远,人烟稀疏,长期以来,人们所从事的劳作多以分散的个体小农业劳动为主。往往,在一道又一道的山梁、沟坡上,不论是夏天里锄苗,或是秋天里割草、背谷子,总是一个人。尤其明显的是牧羊人,清晨背一壶水上山,直至天黑回家,伴随他的,便是群山,是羊群,是那无尽的寂寥。

虽然置身于大自然荒僻的山野,内心世界却极其丰富。在这空旷的、寂静的山野里,他们的心灵却可以自由地、无拘无束地、散漫地飞翔。

对那个销魂的、缠绵女人的思念,对一次激情的、如火烧身般感情经历的沉湎……这一切,成为心灵里无法抹去的甜美回忆。

回想起这些,在他们的心灵深处,总是会涌动起一种忧伤、凄凉的情绪。于是,他们便面对着茫茫群山、面对散发着苦涩清香的那片草地,尽兴地唱了起来。这种随意的吟唱完全是一种消遣,是内心情感的真情流露。

信天游形式是陕北民歌的主要形式。它风姿翩然、独具特色。自由、抒情是它最大的特点。

先说自由。信天游是即兴创作的产物,一旦兴之所至,内心有所感受,或喜或悲,便引吭高歌,自由吟唱。语言质朴、流畅,有几句唱几句,没有任何形式上的限制,像一朵云,可以随意地、散漫地飘"游"。在吟唱过程中,可以随意补充衬字、衬词和衬句,这样可使旋律一咏三叹,富于节奏感。在韵律上,信天游是上、下句押韵,段与段之间不押韵;在形式上,信天游也很简单,每两句为一段,每段可看作"散曲"。每一首信天游,篇幅不一,最长几十段,短则一两段。信天游每句的字数也不限于五言、七言,可长可短,上、下句不要求统一,长句可达十余字,短句可为六七字。

其次是抒情。信天游是即兴之作,是主人公在思念情人时内心世界的直接流露,因此具有强烈的抒情风格。在封建的旧社会,人性普遍受到压抑,青年男女对爱情的美好追求、向往遭到扼杀,于是,那种强烈的离愁、别恨,一兴一叹,一扬一波,如泣如诉、催人泪下。由于形式上的自由、随意,在倾诉内心感情时,主人公完全是不受任何约束,唱起来如行云流水,肆意挥洒,淋漓尽致,情真意切。

信天游独特的民歌形式,被大量用于叙事。有好多信天游,全是一首叙事诗。但是它又没有严格的事件发展过程。它能够大视角、大跨度地叙述人物活动场景,而对于一些多余的枝叶却一避而过,这样使人物的命运更能引起听众的关注,也更能够唤起人们的感情共鸣,令人回味无穷。总的来看,信天游在叙事方式上多用顺叙,而不以时间来展现情节,多以主人公心灵世界的起伏来推进叙事进程,如相见、分离、思念等。以感情变化展现主人公的生活遭遇,这样更曲折、更具体。

由于形式上的自由以及强烈的抒情风格,信天游便成为陕北高原上广泛流行的一种民歌,成为高原人民必不可少的精神食粮。不论是赶着牲灵走在西口路上的脚夫,还是半夜在闪耀着幽暗灯花的骡马店里的商贩,或是旷野里顶着炎炎烈日辛勤劳作的田夫、牧羊人,坐在土窑院的柳树下做针线活的村妇,每有兴致,或忧伤,或喜悦,一嗓子喊起来,那忧郁的、动人的、饱含情感色彩的歌子便在高原的山坡沟谷间飘荡开来,经年经月,传唱不息。它记载了高原人的喜怒哀乐,是高原人民在漫长的岁月里培育出的一种独特的、自己所喜闻乐见的、具有浓郁地域特色和生活气息的艺术品种。

《百灵子雀儿当河里站》从唱词上看是对唱。大约在一条流淌着清澈溪水的山谷里,一对相恋的青年男女相遇了,心灵的剧烈跳动使他们的内心不能平静。看着一对活泼可爱的百灵鸟在溪水里嬉戏,两人便由此展开话题,倾诉衷情。尤其是那个女子情真意切、一往情深,在心上人面前丝毫不掩饰自己内心的强烈感情,不管心爱的人有多么贫穷,即使是到了用"鸡蛋壳点灯、酒盅盅量米"的寒酸地步,她也没有一丝一毫的怨言。这是一个痴情的、具有强烈个性色彩的青年女子。属于对唱的还有《白头到老不变心》、《只要哥哥一片心》、《谁卖良心谁先死》、《清水水玻璃满窗子照》等,这些作品都是从不同的角度展现主人公的情感世界,如"河做媒来山作证,白头到老不变心""一碗碗凉水两张张纸、谁卖良心谁先死",海誓山盟的语言一经这些朴素的人们唱出,便别具一种魅力,听来千回百转。痴情的陕北女子形象宛如眼前。

那么,究竟是什么原因促使陕北女人对爱情如此热烈、赤诚、奔放呢?是爱情本身的力量?还是人性自有的光辉?显然,作为土地自身的一种旋律,民歌对于土地没有直接反映,而是从一个很大的社会背景之下,展示了这块土地上人们生存状态的艰辛与痛苦。陕北情歌比较普遍地反映了青年男女对爱情、婚姻家庭的美好向往、追求和反抗。这是人性渴望张扬的呼唤。但是,由于社会观念、家庭条件的影响,尤其是父母对于婚姻的干涉、束缚,这些相恋的男女又深感对方靠不住,会随时离自己而去,便只好赌咒发誓,表白心迹。

一旦选择了目标,认准了自己的情人,他们便表现出很大的执著、强烈和真诚。朝思暮想,渴望相见,同时还伴有忧虑、牵挂。"你走的那天刮了一阵风,响雷打闪我不放心。"多么真诚的牵挂。"三天没见哥哥的面,大路上行人都问遍。"问什么呢?问他变心了没有,问他是否平安,问他是否去赌博了,是否另去寻欢了。该操的心真是操尽了。《三年五载忘不了你》是思想与艺术俱佳的一首杰作。

还有一类作品,如《猫眼眼等在窗棂上》、《跟人家拉话盘问上你》、《走到哪达也记着我》等,是抒发别离之情的,从内容上看,类似于今天"婚外情"一类的题材。由此看来,反抗封建包办婚姻,追求爱情自由的抗争,从未停止。毛主席《在延安文艺座谈会上的讲话》之后,一大批革命文艺工作者深入民间,采集、发掘并整理了许多优秀的信天游歌曲。受信天游独特艺术风格的影响,李季创作了长诗《王贵与李香香》,贺敬之也在后来写了名作《回延安》,使信天游作为新诗的一种表现形式而固定下来。女诗人梅绍静,当年插队来到陕北延川,信天游优美的旋律,旋起她心田里的片片诗情。她后来也写了许多"信天游体"诗歌,从而蜚声诗坛,其中尤以《她就是那个梅》而著名。20世纪40年代风起云涌的民主革命,赋予信天游许多新的内容,使信天游这种深受人民喜爱的民歌形式,在反映革命斗争生活、鼓舞士气、传播革命思想方面发挥了重要作用。革命斗争使信天游这一古老的艺术形式展露出了娇艳的新姿。《毛主席来了盼晴了天》是边区人民唱给领袖的颂歌。《当红军的哥哥回来了》以男女爱情为题材反映军民关系,抒情气息浓郁。这里须记录的一点是,《想起我男人背地里哭》是安塞县化子坪乡一位名叫佘步英的老太太早年根据自己真实的身世经历创作的一首民歌,所抒之情、所述之事,令人垂泪。

寂寞旅途上的篝火
——酒曲

在贫寒、荒凉而又苦难的人生岁月里,有一种活动,尚还能给陕北人的生活中增添一丝乐趣,一缕浪漫,这便是喝酒,安塞人谓之"喝烧酒"。民歌中有"烧酒喝上二朝朝,唱支酒曲解心焦"的句子。

陕北人非常喜好喝烧酒,这大概与他们的性格有关。在遥远的古代,好多北方马背民族如匈奴、羌、氐、党项、鲜卑等相继进入陕北。他们逐水草而居,漂泊不定,骑在马背上引弓搭箭,与汉人争霸天下。这一股又一股的洪水汹涌地冲击着高原,马蹄哒哒,扬起滚滚的黄土。介于北方游牧民族与中原汉民族的陕北,激烈的民族冲突,频繁的战争,曾长期伴随着这块土地。这里曾一度是边关重地,古烽火台遍布整个高原。北宋王朝为抵御西夏马阵的入侵,修筑了许多的军事要塞。位于安塞镰刀湾乡的塞门寨便是极著名的一处要塞。地势险要,兵家必争,北上可直抵沙漠边地,南下则威胁中原。此处还有著名的芦关古隘,唐宋间曾布兵把守。当年,杜甫老人骑一头毛驴,溯延河北上,"延州秦北户,关防犹可倚。焉得一万人,疾驱塞芦子。"说的便是芦子关。元朝一统天下之后,陕北已不再是边疆地域,战乱得以平息,人口得以繁衍,高原相对趋于安定。长期的战火,给陕北人的骨子里注入了叛逆与不屈的血液,而闭塞的地域,又使这里的人民刁蛮、勇敢、行侠好义,他们说话嗓音洪亮,如雷震耳;爱憎分明,不屈暴力;性情豪爽,不遮不掩。正是此种性格,使他们非常喜好喝酒且酒量惊人,一碗下肚,再举三碗,三碗五碗不言醉,痛快淋漓,一饮而尽,直至大醉方休。据说光绪年间有一个翰林院士来陕北三边视察,他写《七笔勾》说这里"客到久留,奶子熬茶敬一瓯,面饼葱汤醋,锅盔蒜盐韭,牛蹄与羊首,连毛吞入口,风卷残云吃尽方撒手。"虽有失不敬,却也刻画了高原人刚烈、热情、泼辣的性格。

安塞人喝烧酒,不分季节,不论寒暑,一年四季,每有闲暇,便三五相聚,或炕头、或檐下、或小店、或酒馆,吆三喝四,杯盏交错。酒成为人们生活中不可缺少的东西,苦闷时用以解忧,高兴时用以抒怀。岁时节日、嫁娶宴席、迎朋送友、谈生意、拉家常、会知己、拜师友……不论何种场合,酒都成为渲染气氛的最好饮料。

高原人喝烧酒,气氛热烈、红火,洋溢在人们脸上的,是一种独有的色彩。先前,人们喝酒,大多自家酿造。自家酿造的酒,酒力强而烈,只需划一根火柴,一满壶就会烧个精光,但味道醇厚、余味不绝。因人们经常是喝自家酿造的五谷醇酒,便个个都是好酒量,每场酒席开始前,便连喝三大碗,算是正式开场。

三巡酒过后,主人就开始劝酒。

劝酒的方式很多,但最有效的,当是唱酒曲了。主人斟起满满的一碗烧酒,双手端着酒碗,站立在客人面前,什么话也不说,一开口便是唱。这时唱的一般是《祝酒歌》,意思是客人远道而来,我特意敬你一碗烧酒,类似于我们今天的"致酒辞",客人听完,便接住一饮而尽了。

这样几巡酒过后,便开始划拳了。吆三喝四,各有胜负,输者喝酒,如不胜酒力,喝不进去,便唱一支酒曲,以歌代酒。因此说陕北人的肚子里都装有几十首酒曲。我们现在看到的这些酒曲,如《盖世英雄好》、《好汉秦琼》、《月儿弯弯照九州》等都是以前流传下来的。除了这些传统的酒曲以外,还有一些酒曲,是饮酒者即兴编唱的,民歌中有"酒曲好比没梁梁的斗,装在咱心里出在咱的口"便指此意。

这真是一种独特的风俗。一边喝酒,一边唱歌,酒味浓烈,歌声悠长,酒与歌所产生的那种热烈的气氛,体现了高原人民最为本真、最为纯朴的生命状态。尤其是在闲散的腊月、正月,天空飘扬着雪花,在夜晚,三五人相聚在窑洞的土炕上,锅里的羊肉冒着滚滚热气,灶火口熊熊燃烧的柴火映红了窑窗,人们围坐在炕头大碗饮酒,猜拳、唱酒曲、啃羊骨头,人人脸上冒着汗珠,洋溢着幸福……这是高原人所独有的幸福呵!安塞,是一块永远飘荡着迷人色彩的土地。

天下黄河九十九道湾

——劳动号子

> 劝力同邪许，
>
> 一呼众声应，
>
> 心齐无艰难，
>
> 志合山摇动。

　　劳动号子的产生，伴随着人类的整个劳动过程。"今夫举大木者，前呼'邪许'，后亦应之，此举重劝力之歌也。"这是《淮南子·道应训》中关于劳动号子的最早记录。因此说，劳动号子也称"劝力之歌"。

劳动号子,是劳动时所唱的歌曲。

这些歌曲自由、高昂、辽阔,是人们在集体劳动的过程中,为协调一致的动作、凝聚力量、渲染气氛而演唱的。因集体劳动,其场面壮观、宏阔,加之劳动号子激昂的旋律,给人以排山倒海的气势。陕北集体劳动的场景,可以追溯至秦汉时期。

秦始皇横扫六合之后,置天下为三十六郡,陕北乃上郡之地。为巩固边防,始皇命大将蒙恬监修我国古代第一条高速公路——秦直道。"道九原抵云阳,堑山堙谷,直通之。"(《史记》卷六)。秦直道南起云阳光林宫(今淳化县凉武帝村)经旬邑县,翻越子午岭,进入黄陵、富县、甘泉、过洛河、杏子河,入安塞县,再至靖边、内蒙古的乌审旗,一直北上,过黄河,直达包头西之九原故城,全长九百公里。

秦直道是我国两千多年前所修筑的大型军事交通工程。当边关有匈奴入侵,秦国骑兵从咸阳出发,仅三天时间便可直达阴山。安塞是直道的重要路段。秦直道由志丹县杏河镇老庄村北道关进入安塞县王窑乡境内,经后陵湾、圣人条等地,出王窑乡圣人条后,经化子坪乡红花园、杀人崾崄,过镰刀湾乡鸦行山北上。如此浩大的军事工程,动用军民不计其数。

那时候,生产力水平低下,没有吊车,也没有载重机、压路车,挖山填谷,拉运石头、夯实路基,全是人力。在此集体劳动的场合,只喊"一二三"未免太单调,人们便用唱歌的方式协调动作,于是便有了劳动号子。

民国初年,安塞县有一个叫郭超伦的人写了一首诗,题为《安塞形势歌》:

"安塞,安塞,形势冠绥延。西汉留胜迹,北斗挂城边。北门锁钥,上郡喉咽。古来英雄,用武此间。剑化寺,芦子关,风萧萧兮延水寒。安得壮士控制塞北边。近踞龙安镇,远跨卧牛颠。榆溪铁岭作屏藩,三河四塞,虎踞龙盘。"

诗作写了安塞的地理及战略形势,也写了安塞的不少胜迹。这位老先生在当时,也曾想到了历代统治阶级征发百姓修筑边关守塞所给人民带来的深重灾难。安塞取名于"安定边塞"之意。除秦直道之外,古塞、烽火台、驿站、古关隘遍及县域,著名的有芦子关、塞门寨、平羌寨、招安寨及肖官驿等,这些军事要塞地势险要,施工条件很差,可想当初劳动场景的艰苦。由于年代久远,古时的劳动号子没有流传下来。但是,漫步于高原的山梁之间,目睹那一处又一处的历史陈迹,眼前依稀浮现出炎炎烈日之下,成千成万的百姓挖山填谷,搬砖运石的劳动场面。

新中国成立之后,为改变旧中国贫穷落后的面貌,广大人民群众以前所未有的热情投身于改造山河的壮丽事业中。那是一个伟大的时代。飘扬的旗帜、激昂的歌声,到处是火热的劳动场景。在水库、铁路、油矿、公路等建设工地上,劳动号子此起彼伏、响彻云霄。我们现在所看到的劳动号子,大都是那一时期的作品。那可谓是劳动号子创作与演唱的黄金时代。

进入20世纪60年代后期,生产力水平明显提高,起重机、压路机、挖土机等重型机械广泛使用,在建设工地,大规模人力劳动的场景已很少见,设备先进,专业化程度高,一人往往能实施几十人甚至数百人的作业强度。这样,劳动号子便退出现实生活的舞台。今天,在社会生活中,几乎已经不能听到劳动号子了,作为民歌的一部分,它仍将被音乐工作者所重视。时下的好多流行歌曲,尤其是那些节奏明快、气氛浓烈的合唱、舞蹈类歌曲,显然是吸收了劳动号子的一些创作手法。

《天下黄河九十九道湾》据载是李思命所作。李思命是佳县荷叶坪人,自幼家贫,十几岁时便奔波于包头至潼关的黄河水道,开始了他的艄公生涯。一泻千里、迂回曲折、地形复杂的黄河水道,李思命是非常熟悉的。《天下黄河九十九道湾》是黄河船工搬船时所唱的歌曲,后来广泛流传,风行天下。这首歌情调高昂、辽阔,旋律优美,但从唱词看,饱含着沧桑,充分反映了作者艰难曲折的人生经历。李思命擅长民歌编唱,惊险的船工生活以及优美的黄河传说,使他创作了不少民歌。20世纪50年代初,中央文化部组织人员搜集整理陕北民歌,曾到荷叶坪访问李思命,并将《天下黄河九十九道湾》编入《陕北民歌》一书。

这位一生奔波于黄河水道的老船工,最终回到了黄河的怀抱。1957年农历七月初二,李思命和村民乘船到荷叶坪对岸山西丛罗峪镇赶集,下午渡船返回时,船到河心,一个巨浪扑来,导致了悲剧的发生。终年79岁。九十九道湾的黄河,又产生了一段令人永远也无法抹去的传说。

在大海边

在浙江农村(2014年4月于衢州常山市)

大红灯笼高高挂
——秧歌曲

有人说,陕北最美丽最明媚的季节是四月山丹丹花开的时候;还有人说,陕北最美丽最富饶的季节是农家八月天。

固然,陕北的八月天是迷人而多姿的。那即将成熟的、金黄色的糜谷和豆菽,所散发出的阵阵清香、所摇曳的种种风姿,令人沉迷。尤其是那一阵阵甜香味,被风吹着,弥漫于高原的山野沟谷之间。在这时候,高原所展示的是大自然五谷杂粮的成熟之美。

同时,我还认为,除了陕北的四月天和八月天之外,陕北最美丽最红火的季节还有农家的正月天。

陕北的正月天,所展示的是高原古老纯朴的民风民俗,闪耀着黄土文化的光芒,蕴含着无尽的情趣。

陕北的民间歌舞活动，大都是正月。这是一场普遍的民间歌舞活动。高原上的人们沐浴在一种红彤彤的阳光之中。大红灯笼、对联、窗花将土窑洞点缀的五彩缤纷；唢呐声、歌声、笑声、锣鼓声、鞭炮声此起彼伏，一阵又一阵地在高原上飘荡；山峁沟壑、村庄院落，到处都洋溢着浓郁的喜庆气氛。一队又一队的秧歌，挥舞着红红的飘带，敲锣打鼓，从河畔走来，从山梁走来，将陕北的正月天闹腾得红火热闹，流光溢彩。

因地理环境的原因，居住在陕北高原上的人们，长期以来，较少经商，专事稼穑，起早贪黑，躬身田野，颇为辛苦。陕北人所种植的五谷瓜蔬，品类繁多，谷类有谷、糜、小麦、燕麦、苦荞、黄豆、黑豆、豌豆、荞麦、玉米、高粱、蓖麻、绿豆、油麻等；瓜类有南瓜、番瓜、冬瓜、甜瓜、红薯、西瓜、葫芦、洋芋等；蔬类有葱、蒜、茄子、西红柿、蔓菁、萝卜、白菜等。种植如此繁多的五谷瓜蔬，陕北人从惊蛰之日起，直至冬至，几乎无有闲暇。

冬至过后，庄稼得以收藏，田里的农事活动基本结束。这时，便临近年关了。庄稼人便开始做年茶饭。年茶饭很丰盛，主食有白面馍、黄米馍、软米油糕、油馍馍、麻花；面食有剁荞面、手擀杂面条、饸饹、扯面；另有烧肉、炖肉、猪头肉、炖羊肉、羊杂碎、丸子、酥鸡等等。如此丰盛的年茶饭，全在大历年前备齐，正月食用。

从正月初一日起，陕北人便放下一切农活，舒适、富足、悠闲、红火的正月天到来了。庄稼人们居住在明亮干净的土窑洞里，灯笼、窗花、对联，丰盛的年茶饭、滚热的土炕、灶火口燃烧的柴火、冒着热气的米酒、燃放的鞭炮……这一幅幅别致的画面，散发着陕北正月天迷人的气息。

正月十五是传统的元宵节、灯节。在陕北,刚过完新年的农家特别注重此节日,自然要红火热闹一番。在这里,人们普遍进行的活动是挂灯笼、点火、转九曲。十五夜来临,陕北农家家家户户挂起红灯,而更为壮观的是转九曲。转九曲民间传说可以消灾免难、保平安。在平坦宽阔的场地里,点起用胡萝卜挖制而成的麻油灯,按传说中姜子牙的"九曲黄河阵"的九宫十八卦排列,共有灯三百六十五盏,全部点亮,灯山灯海,遍地星光闪烁。

秧歌曲是人们在正月闹秧歌、搬水船时演唱的歌曲,内容多为祝福吉祥,祈求国泰民安、五谷丰登之类。这些歌曲体现了农耕文化的民俗特征,是地方民风民俗文化内涵的集中反映。花扇、花伞,水船、毛驴,秧歌具有浓烈的喜庆色彩。秧歌曲,给正月天悠闲、富足的庄稼人生活带来欢乐吉祥的祝福。

展现缤纷生活的画卷
——小调

这是一副多视角、多方位展现高原人生存状态和精神面貌的大型画卷。

这是一片色彩斑斓的民歌丛林。漫步其中,令人目不暇接,心旷神怡。

这是一条跳荡着各种音符、闪耀着多种色彩的小溪流。在高原的山坡沟谷间,它那么晶莹、那么舒缓地流淌着,滋润着那些疲惫而又单调的心灵世界……

小调,又称"山曲"、"酸曲"或"小曲",是安塞以至陕北境内流传数量非常巨大的一种民歌形式。它语言明快,形式灵活,内容以叙事为主。这些小调,几乎可说是一组短小的电视故事片,有自然场景,有人物的音容笑貌,有情节的跌宕起伏,且有大量的细节描写。小调的篇幅远远比信天游宏大,在表现手法上也显示出极大的灵活性,或长或短、或对话或独白、或叙述或描写,表现手法多样,内容丰富,反映的社会生活也较为广阔。在这幅大型的、多视角展现高原人生命状态的社会生活画卷中,所刻画的人物形象十分丰富。映现在人们面前的,是一段不断流动着的、不断变化着的历史,生活万象和芸芸众生的情状,尽收眼底。这些人物中,有"受牛马苦"的揽工汉,有穿"红绫子衫"的千金小姐,有"怀抱揽羊铲"的放羊后生,有"泪汪汪"的小媳妇,"绣荷包"的痴心妇人,还有"穿八裰袍"的教书先生、"走一步摇三摇"的二相公、害了相思病的姑娘、花言巧语的秀才、耀武扬威的团长、寡妇、赌棍、二流子、算卦先生各色人等,他们粉墨登场,形神兼备,跃然纸上。

纵观这些数量庞大的酸曲,我们不仅看到了陕北高原各阶级、各阶层社会生活的"众生相",同时,这些民歌,也从多个方面反映了陕北人的生活图景。长期以来,陕北地处偏僻的山区,荒山野岭,山高水长,社会经济极其落后,生产力水平低下,人民厚重少文,且饥寒交迫,生活困苦。在此情形下,生存当属人的首要需求,为了生存,人们或是远走他乡,到口外(今内蒙古一带)经营小生意,或是给地主家揽长工,"正月里上工十月里满",或是赶着牲灵在迢迢西口路上行走。民歌作为一种口头文学,它并没有脱离当时社会生活环境而袖手旁观,作"无病呻吟"状,而是对于当时的社会生活,尤其是劳动人民的苦难生活以及他们的理想、感情、追求与失意都有较为全面、深刻地反映和表现,比较真实地再现了陕北社会生活的面貌,从一个整体上反映了当时人们的精神状态。

此外,我们非常欣喜地看到,这些酸曲用很大的篇幅展现了一些平凡的日常生活场景,如观灯、挖苦菜、看戏、绣花、算卦、卖菜、拜年、放风筝、卖洋烟、会情人、割麦等一系列普通场景……正是这些一朵一朵从生活中采撷的小浪花,汇成了一条五光十色的、反映社会生活的广阔河流。是这些一束束朴素的小野花,组合成了陕北民歌绚丽多姿的丛林。这些民歌记载了高原人丰富的、多彩多姿的社会生活图景,可以说是一组组散发着浓郁生活气息的生活照片。

在反映社会生活,尤其是在反映普通百姓日常生活的同时,小调也用较多的笔墨描述了高原人的生活习惯、民风民俗和自然景观。或描世态、或述风情、记人物、抒情怀,状景观,皆有较为全面的表现。也就是说,在什么样的自然环境和社会人文环境之下,有什么样的人、什么样的事,是一体的、完整的。民情与风俗,具有强烈的地域性特点。陕北小曲所表现出来的风俗色彩,十分浓郁,洋溢在字里行间,扑面而来。如"五月里五端阳,杨柳梢儿插门窗","六月里六月六,新麦子馍馍熬羊肉"、"三班子吹来五班子打,撒下了我的亲哥哥进了周家"、"娃娃动哭声,拉羊敬神灵"等,对于陕北的嫁娶、端午节、六月六、祭神等风俗都有细致的描写,以至于今天,这些风俗依然保留,成为当地民俗文化不可或缺的一部分。此外,在自然风光的描写方面,尤其是对于陕北高原的山川风光、四时节令的状写上,民歌更是非常独到而具体,为我们展现了大地之美、山川之美。每个人的活动环境,都是以客观存在为依托。独特的黄土地貌,所发生的一幕幕悲欢离合的故事,常常笼罩着一种别样的情绪。如"三月里是清明,桃花盛开杏花红"、"前山的糜子后山的谷"、"青杨柳树长得高"、"春风摆动杨柳梢"所展现的便是春夏季节高原烂漫迷人的自然风光。歌里还经常听到"草窑"、"硷畔"、"土炕"等,是说高原人的村舍院落。读着这些民歌,眼前便油然浮现出连绵起伏的黄土山峦、蓝格莹莹的天空、那些隐藏在大山里的黄土院落、那些杜梨树、那山洼上艳丽开放的山丹丹花以及袅袅升腾的炊烟、随风摇摆的杨柳、扛着锄头的农夫;而对于饮食,如"红豆角角熬南瓜"、"滚滚的米酒热腾腾的馍"、"荞面圪坨羊腥汤",今天则成为独具特色的地方风味小吃。

在艺术表现上,小曲继承了《诗经》、汉魏乐府以来许多优秀民歌的表现手法,并根据地域化特征大胆创新,使陕北小曲这一艺术形式在祖国的民歌百花园里摇曳多姿,闪耀着奇异的光芒。谈到艺术,安塞真可说是产生艺术神奇力量的沃土。安塞腰鼓磅礴的气势,那种奔放、那种洒脱,曾使无数人倾倒,蜚声海内外。而安塞剪纸,色彩明丽,造型夸张,风格淳朴凝练,线条粗犷明快,具有很强的审美视角。安塞民歌(包括信天游、小曲、酒曲等),在艺术表现上,同样反映了安塞这一古老地域的独特手法,音调高亢、粗犷,旋律动荡、奔放,感情浓烈,语言夸张,表现形式大胆、自由、不拘一格,铺陈、对比、夸饰、比兴、白描等手法交错运用,且已达到了较高的艺术境界。如"想你想得吹不熄灯,灯花花落下多半升。"多么大胆的夸张,能落下"多半升"的灯花吗?

从题材、内容来看,小曲所反映的社会生活非常广阔,大体有这样几类：长工歌、诉苦歌、革命歌和情歌。

长工歌。《揽工调》、《迎春揽工》、《十揽工》便属此类歌曲。这些歌用较多的篇幅，反映了旧社会陕北下层劳动人民生活境遇的艰难与痛苦，对于揽工人的情感、愿望有较为现实的表现。尤其是那首《揽工调》，是一种诉说、一种呐喊、也是一种抗争的无奈情绪，令人想起《半夜鸡叫》里的周扒皮。

诉苦歌。这类歌有《走西口》、《卖娃娃》等，可以说是一字一泪，句句滴血，如泣如诉。这些歌表面看来都是反映生活中很微小的一些场景，由于融入了主人公的情感，因而叩人心扉。《走西口》叙述了一位名叫蔡长生的小伙治好了一个名叫孙玉莲姑娘的病，两个相爱而成夫妻。婚后不久，因遇灾荒，蔡长生走西口谋生，夫妻洒泪相别。女主人公温柔、细腻、多情，她拉着丈夫的手，情深意长，反复叮咛、泪流满面、依依不舍。通过语言来表现主人公的情感世界，且如此感人，这在陕北民歌中并不多见。《卖娃娃》从另一个侧面描述了民国十七年那次大灾荒带给人民的苦难。尤其是主人公那种复杂、无奈的心理，令人感喟不已。

革命小曲。《三十里铺》、《横山里下来些游击队》、《打土豪》、《打艾团长》等。这些民歌有战斗性和纪实性的特点。波澜壮阔的中国革命，极大地增强了小曲题材领域的丰富性，在革命如火如荼的年代，小曲作为人们所喜爱的一种形式，在传播革命思想方面，发挥了较大的作用。这些小曲描述了革命斗争的一些真实事件，表达了人民对于平等、自由社会的强烈追求。那旺盛的斗志、雄壮的气势、高昂的情绪，使小曲具有一种昂扬的情调，给人一种强大的精神力量。《打土豪》记述了安塞县王家湾乡卧牛城的一次打土豪斗争。昔日骑在穷人头上作威作福、耀武扬威的人,在革命面前,那种走投无路、那种狼狈、那种陷入四面楚歌的困境,实在让人觉得喜悦,好像觉得是我们在那里取得了斗争的胜利;同时,由于穷人们紧紧地站到了一起,便形成了一股强大的力量。"扬了一把沙,捉住个薛生华",多么轻而易举,敌我对比十分鲜明。《三十里铺》是一首非常著名的革命情歌。叙述了绥德三十里铺村一对青年男女相爱的真实故事。这首歌用很多的唱词反映了女主人公烦乱的、忧伤的却又很矛盾的心理,意境凄凉,音调婉转。

情歌。爱情历来是民歌的主题,也是人类社会生活的主题。这自不必说。《诗经》以至汉魏乐府,有十之八九的篇目,是反映爱情、婚姻生活的。陕北民歌有大量表现人们爱情生活的篇目。民歌是一种即兴而发的口头文学,作者都是一些不知名的平民百姓,原没有任何功利目的存于心中,因而这些情歌,比较真实地表现了他们的喜怒哀乐,是一种感情的真实流露。由于作品的真诚,也就是说因为民歌所反映爱情生活的淳朴,我们也看到了过去那个时代社会和人生的真实状态。《送情郎》、《探情郎》、《梦五更》、《掐蒜薹》等一类歌曲,是从女性的角度,反映她们内心的失落、寂寞、思念情人、渴盼相见的种种感情状态。"青青河畔草,郁郁园中柳。盈盈楼上女,皎皎当窗牖。娥娥红粉妆,纤纤出素手。昔为倡家女,今为荡子妇。荡子行不归,空床难独守。"(见《古诗十九首之二》)这也是写妇人独夜难眠、思念丈夫的。看来此类题材很早就有所表现,并非只出现于陕北民歌之中。那时候信息闭塞、交通落后,男子离家往往三两年难得一见。《绣荷包》通过女人的一针一线寄托了她对丈夫的一片深情。这些民歌表现了陕北这块土地上人们感情世界的丰富、强烈和率真,同时也揭示了丰富深刻的社会内容。《兰花花》是极著名的一首陕北民歌。传说是民国初年,延安临镇川有一美丽女子兰花花,与本村小伙杨五娃相爱。兰花花的父亲将兰花花许给同村财主的儿子周麻子,婚后兰花花一肚子苦水,便和杨五娃逃走。这是陕北民歌中为数不多的、直接表现陕北女子反抗婚姻压迫、追求情爱自由的题材。《赶牲灵》描述了暮黑时分远处的山梁上过来一队骡子和脚夫,铃声叮当作响,马灯盏盏,开小店的女人站在硷畔上翘首以待,白脖子的小狗汪汪直叫……一幅十分优美的《高原脚夫暮归图》。现在,在社会生活中,脚夫早已不复存在了,然而这首歌却真实地记录了旧时脚夫的生活图景。

班固《汉书·艺文志》说:"自孝武立乐府而采歌谣,于是有赵、代之讴,秦、楚之风,皆感于哀乐,缘事而发,亦可以观风俗,知厚薄云。"民歌,确是人们情感、生活和民风民俗的记录。

一朵莲花一朵云
——祭祀曲

记得,有一位陕北作家曾说过,陕北的历史是一部饥饿史、一部暴动史。

《祈雨歌》正是反映了高原人民艰难的生存状态。读此歌,令人想起两千多年前那位徘徊于汨罗江畔的伟大诗人屈原的一句名诗:"长太息以掩涕兮,哀民生之多艰!"

古曰:"治生之道,不仕则农。"

陕北生民历来专事农桑。然而由于水土瘠薄,十年九旱,生产力水平低下,使饥荒长期以来伴随着这块土地上苦苦挣扎的人民。据史书记载,明以来陕北地面较大的灾荒有两次,一次是明朝崇祯年间,一次是民国十八年。那是非常悲惨的两次荒灾,陕北乃至西北大部,一年无雨,颗粒无收,赤地千里,白骨遍野,民间所言"人吃人、狗吃狗、黑老鸦啃石头"便是指此。至于其他不属于太大范围的灾荒,更是难计其数。崇祯二年,曾任礼部郎中的安塞人马懋才回到陕北,目睹家乡灾情,他涕泪涟涟,便上书朝廷说:"臣是陕西安塞人。臣见诸臣说各省人民穷苦有父母弃子,丈夫卖妻,食草木根或白石粉等事情,比臣故乡延安府,却还不能算最苦。延安府已一年不下雨,八九月间,人民食山中蓬草,到十月,改食树皮,年底树皮剥尽,改食白粉,几天后,腹胀下坠,必不能活。安塞城西一带,每天有弃儿数人,呼唤父母,饿极拾粪吞咽,第二天弃儿失踪,被饥民抱去煮食了。城中人不敢单独出城,一出城门,便被捕食。"(引自《中国通史简编》卷二,范文澜著)

马懋才所言乃是崇祯初年陕北地面的悲惨情景。距今三百七十余年。其所述之状,触目惊心,不忍复读。然而在漫长的时间流程中,陕北人所历经的种种痛苦遭遇,又何止这些。这里仅就陕北乡村庙宇与陕北人的命运联系,略谈一二。

陕北乡村庙宇随处可见,且数量非常之多。漫步于山野村落,总会看到一个一个的村庙孤零零地立在那里,或是早断了香火,院子里长着深深的荒草,或是门窗破旧,冷清寂寞。面对着这些被岁月的风霜冲刷过千百次的苍老古庙,我们总是想,这些乡村庙宇是在哪个朝代建起的?为什么要建这么多的庙宇?

经过认真的观察,我们发现乡村庙宇供奉的几乎全是王母娘娘和龙王神。身居山乡野岭的旧时农人,不图名,不贪利,只求风调雨顺,五谷丰收,于是敬龙王神;求子孙繁衍,阖家平安,于是敬九天圣母神。陕北,这块焦土,自古战乱频频,灾荒无度,这块土地上的人们渴望安宁的生活,然而处于封建时代饱受统治阶级的压迫,无奈之中只好寄希望于神灵的佑护。这就是乡村庙宇得以兴建和存在的社会原因。

在安塞镰刀湾乡的塞门寨,有一座长满荒草的小庙。这庙异常破旧了,但门口的一块石头一口大钟,引人注目。一块砂石被磨得很光滑,且呈凹形,旁有一棵古树,这足以看出是夏天农人在树下一边歇息闲谈,一边打磨手中如镰刀、锄头等农具留下的痕迹,让人想起往昔的热闹景象。那口大钟,上有"万历二十一年正月二十日"的铸字,说明此庙有四百多年的历史。在安定镇的钟山寺,至今悬有明嘉靖年间的老钟。而陕北道教名山白云山,也始建于明万历年间。安塞王家湾乡城黄梁村,山高路远,地皮苦焦,乃偏荒之地,然山梁之巅,有庙堂数间,巍然屹立,气势恢宏,问老者建于何年,皆不能答。通过大量的考证,我们认为陕北的乡村庙宇,大都建于明嘉靖、万历年间。当时社会黑暗、朝政腐败、灾荒四起、民不聊生。农民在思想上感到痛苦、绝望,于是便祈求神灵。求神拜佛之风一度十分盛行。崇祯年间,就连神灵也无能为力了。于是李自成便揭竿而起。

每有村庙,必有庙会。陕北的乡村庙会,大都在三月三、四月初八、五月端午、六月十三等日,几乎全在春夏两季。庙会的规模大小不一,或是戏团唱戏、或陕北说书。从庙会的举行季节来看,反映了农民祈求风调雨顺的愿望。因四五月间正是五谷田苗最需要雨水的季节。

当五黄六月,烈日炎炎,久旱无雨,田苗枯萎,以五谷为生的山乡农民,无奈之时只好寄望与神灵了。据说龙王是掌管雨水大权的神灵,于是山民们齐跪于龙王庙前,高唱《祈雨歌》,那歌声如泣如诉、甚是悲凉。

　　《跳神歌》与《扣娃娃》是巫神唱的歌。据说,此类歌曲是在佛教传入陕北之后,人们根据佛僧诵经的形式并结合该地民歌的音律而创作的一些带有浓郁迷信色彩的歌曲。巫神,也称巫婆,是长期游荡于民间、假借神的名义而欺骗乡民的人。今天,由于现代文明的广泛传播,这些人已基本没有生存土壤了。

　　《祈雨歌》描绘了山民们在干旱季节抬着神楼,头上戴着柳树枝叶,行走在山梁上祈求上天降雨的情景。"杨柳梢,水上漂,清风细雨洒青苗。"诗一样的语言,饱含着农民对五谷青苗的一片深情。当然,面对炎炎烈日,他们呼唤又是那样的凄凉、无奈。

与贾平凹合影(2014 年 3 月)

与陈忠实合影(2004年7月)

乡土上的艺术家

一

这是一片充满神奇的土地。每当行走于这片艺术的丛林,我们就会被这一朵一朵奇异的艺术之花所倾倒,所陶醉。

清新的散发着泥土芬芳的艺术摇曳在这片土地上,组成一幅幅绚丽的画卷。她折射着人类精神追求的最高境界,那就是对美的追求、向往和礼赞。

艺术的本质是人的观念、情愫和魂魄的文化表达,离开情感和精神,所有形式和技巧都与艺术无关。从这个意义上说,安塞民间艺术,是最为本原、最为原始、最为本质的艺术之一。她所渗透的文化情感和文化精神,正是我们这个伟大而古老的民族的情感和精神。

二

文化是没有边界的。越是民族的,也越是世界的。当我们发现,这些被称为"活化石"的民间剪纸,被称为"东方毕加索之作"的民间绘画作品,所承载的文化内涵远远超出我们想象的时候,我们所惊奇的是,这些剪纸和绘画作者,她们都未上过学,目不识丁。她们生活在条件极其艰苦的深山沟里。坎坷的命运遭遇,清苦的山里生活,使她们每一个人都演绎出充满悲苦色彩的命运变奏。她们好多人连名字都没有,直到文化馆人员问起她们的名字,才让普查人员给她们起个名字。然而,令我们感到震撼的是,正是这些不识字的农村老婆婆,为我们创造了惊世骇俗的艺术;她们所创造的艺术,堪称中国民间艺术的瑰宝,代表着一个时代民族民间文化发展的高度。

安塞剪纸和民间绘画体现了劳动人民朴素的对于美的追求和认识。这是一种最为本原的对生命理解的表达。数百年来,民间艺术依赖于民间,凝聚着劳动人民淳朴、深厚的感情气质和审美习惯,体现着我们民族精神的灵魂。

三

王占兰是安塞县沿河湾镇云坪村人。早在1979年,县上的文化工作者下乡普查,当时她已70多岁。她接过一张红纸,顺手拿起身边放着的大剪刀,先剪出外形,接着又换一把小剪刀,只作简单的刻画,便剪出几幅造型非常生动的剪纸作品。

后来,民间美术专家靳之林看了王占兰的作品,他认为王占兰的剪纸造型高度概括,装饰简洁,刀法流畅严谨,形象生动,是剪纸中的大写意。

《倒照鹿》是王点兰的代表性剪纸作品。鹿在剪纸中较为多见,是传统吉祥纹样。鹿在古时候称兽,象征春天,寓意生命到来,民间也称鹿为仙鹿,经常伴仙人出入。鹿来到人间,是光明和吉祥的象征,寓意美好生活的开端。

王占兰1985年去世,享年76岁。我们感叹她过早地离开了这个世界,同时也带走了民间剪纸中最有文化价值的一种东西,这真是一个永久的损失。据有关专家说,从王占兰的剪纸中可以看出,民间剪纸曾经达到过一个很高的艺术顶峰。她剪的老虎是一个侧面的头,却剪出了两个正面的眼睛,这和战国铜壶侧面兽一样。由此可知,剪纸的艺术价值是极高的。

四

曹佃祥1921年出生在横山县艾好峁村。1929年陕北大旱,王家人为了生存,远走他乡来到安塞,她从小受到乡土艺术的熏陶。她的剪纸作品特别重视造型的夸张。剪纸的时候,她总是先大刀阔斧地用剪刀剪出轮廓,然后才在里边作各种装饰,或不作装饰。这种简洁概括的艺术创作手法,传承了陕北汉画像石的艺术特点。

她的绘画作品《大公鸡》1982年被选送法国参加巴黎独立沙龙美展。她画的大公鸡气势轩昂，威风凛凛，尾巴奇大。画完之后，她很自豪地说："我画了只毛腿子大公鸡，可威风了，可好看了。"

五

白凤兰生于1920年，生前居住于安塞县沿河湾镇茶坊村。她剪的《牛耕图》成为安塞剪纸名作，具有很高的历史文化价值，被认为是最能承载安塞历史文化内涵的剪纸作品。这幅《牛耕图》，与汉代画像砖上的《牛耕图》几乎一样。白凤兰没有上过学，不识字，从未读过书，当然也就不可能从一些史料上看到汉代画像砖拓片。然而她剪下的这幅作品却与汉画像砖上的《牛耕图》惊人的相似，由此可以说，安塞剪纸是活化石，是古代文化的直接传承。作品通过剪纸的艺术形式，表现了黄河流域农耕生活的景观。整幅作品构思新颖，构图明快，农人手持鞭子，扶犁赶牛，耕种田地，浓郁的乡土气息，明快的意境，给人以春风扑面之感。

白凤兰的绘画作品《六畜兴旺》参加法国巴黎独立沙龙美展，并入选文化部编选的《中国现代民间绘画精粹》大型画册。这位老民间艺术家，也许是被新时代、新的生活所感染，她的这幅绘画作品色彩明快，生活气息浓郁，反映了一种崭新的乡村生活图景，寄寓了她对美好生活的追求。任何一种艺术，都是心灵的表达。白凤兰表达的，正是她对生活的赞美，她笔下的牛、马、羊、鸡每一种动物都独具情态,非常可爱。据说这是白凤兰的第二幅绘画创作,从构思图到创作完成,只用了两天。

六

高金爱一生坎坷。她1921年出生于山西省临县碛口镇侯台镇村,2011年3月去世。父母是农民,家境异常清贫。苦难的童年生活,激发了她对美好生活的无限向往。而从小后娘虐待,寄人篱下的生活,人生的冷暖,又使她的心灵产生了对真、善、美的渴望。正是苦难的童年,是心灵深处对于辛酸人生的独特体验,成就了高金爱,使她成为著名的民间艺术大师。

高金爱的剪纸作品传承了一批具有重要历史和文化价值的传统纹样,体现了剪纸艺术丰富的文化内涵。她从小生活在黄河岸边,这里是中华文明的诞生地,是中华民族农耕文化重要的土壤。她虽然目不识丁,未受过任何教育,然而浓郁的民间乡土文化同样给她的心灵以极大的熏陶,耳濡目染,她的血液里溶入了民间传统文化的基因。她具有一颗爱美的心灵,对美的追求和向往,贯穿于她生命的始终,也成为她剪纸作品表现的永恒主题。

最能体现高金爱剪纸文化价值的作品是《艾虎》。外形像陕北黄土高原一座一座的山塬,老虎粗壮的尾巴翘至背部,四条腿非常有力,而虎的头部精神饱满,稚拙可爱,身上还剪出了三个活蹦乱跳的小虎。民间传说艾虎比老虎更凶猛,而高金爱剪的这只艾虎,憨态可掬,胖乎乎的,十分可爱。

由此,我们看出,高金爱的剪纸作品,具有丰富的文化内涵。她虽然不识字,但是她能通过一把剪刀,把自己心里所喜爱的东西,把自己的喜怒哀乐,自己对生命的理解和认识,给予准确的表达和体现。

虽然生活中她历尽坎坷,备受磨难,但是她性格乐观直爽,充满对生活的热情。她的精神世界总是有一种强大的力量在支撑着,那就是对于美好生活的强烈向往和追求。反映在她的艺术创作上,就是不受任何传统样式的束缚,具有自由、大胆的艺术手法。她剪的作品从不画底样,一剪刀下去,就能形成自己的艺术形象,造型流畅、可爱。她的绘画作品想象力非常丰富,用色大胆,手法夸张,给人一种强烈的视觉冲击力。

高金爱的作品来自淳朴的民间,具有传统文化的独特内涵。中央美术学院教授胡勃在《学习民间美术的教学实践》(《美术研究》1986年第3期)一文中写道:"高金爱的剪纸《鹭鸶》、《鸡》,洗练概括的造型,饱满充实的艺术风格,表现了一种质朴向上的情感,与陕北米脂汉墓出土的画像砖《鸟兽图》所体现的艺术风格极为相近。"

1985年12月,中央美术学院教授靳之林邀请了陕北六位剪纸能手赴北京中央美术学院民间美术系,进行教学。其中,有四位是安塞县剪纸艺术家,她们是白凤兰、曹佃祥、胡凤莲、高金爱。中央美术学院教授、民间美术系主任杨先让在《安塞民间美术印象》一文中写道:"安塞会剪纸的妇女可能有千百位,但是真正可称为能手的只是少数。王占兰、白凤兰、高金爱、胡凤莲、曹佃祥等即是其中佼佼者。她们是民间美术造型的传承人,既善剪纸又能刺绣,做面花,缝布制品,又是农民画的创造者,她们都是在传统民间美术队伍中有贡献的艺术家。"

七

在安塞老一代的民间剪纸艺术家群体里,常振芳的命运似乎更悲苦,更令人心生对命运的悲叹。她曾生育过十多个孩子,只成活了一个女儿,这种巨大的精神打击,使她患上了阵发性精神病,被人们称为"疯老婆"。疯病发作时,她便不由自主地唱起陕北民歌,歌声凄怨,如泣如诉。她的剪纸作品有一种原始的美,她剪的动物造型身大头小,用纹饰的变化反映动物的自然状态,非常准确。

常振芳喜欢画牛。她先后创作有《下山牛》、《牛磨地》、《老牛和小牛》、《山头上》等绘画作品,都是以牛为表现视角。从绘画《山头上》可以看出,她虽然命运悲苦,但她的艺术表现力却是非常杰出的。农人在山头上耕地,天空有成群鸟儿在飞翔,在歌唱,我们在想,这不正是常振芳内心对于生活的倾诉么?她多想让她的孩子,在她田野里劳动的时候,自由地和她一起玩耍,陪她唱歌,可是她生育过十多个孩子只有一个成活,于是她将孩子幻化成天空的鸟儿,陪她歌唱。

生活是艺术的源泉,只有来源于生活,来源于山野沃土,艺术的河流才会奔腾不息,飞溅起美的浪花。

八

生前居住于高桥镇南塌湾村的张凤兰,出生于1925年。她性格开朗,喜欢唱陕北民歌。她的剪纸作品构图繁丽,善剪鸡、鱼、羊等动物。在动物内部装饰上,她注重变化,产生出灵巧多变的艺术效果。她的绘画作品也极富个性特点,我们明显地看到,她的绘画在创作手法上也受了剪纸的影响,把剪纸造型运用于自己的绘画创作过程中,便产生了自己独特的风格。她的绘画作品《养蚕》获全国第二届民族博览会二等奖。她的画色彩明丽,远看仿佛满地的向日葵花,天真烂漫。

九

与其他民间艺术家相比,潘常旺的命运似乎顺畅一些。她1924年出生,居住于砖窑镇井坪河村。小时候,她的家庭生活比较富裕,婚后生活也比较美满。她心灵手巧,善剪花花绿绿的窗花。每逢年节,她就在自家明亮的窗格纸上贴上好多鲜艳的窗花,整个窑洞立刻充满春天的色彩。

潘常旺的绘画作品《牛姑娘》参加了1994年中国民间美术大展,并被中国美术馆收藏。《牛姑娘》取材于一个传说,传说很久以前村里有个婆姨生了一个女娃娃,女娃脸部有一半是人脸,一半是牛脸,头上还生着一个牛角。姑娘长大后聪明过人,心地善良,出门常骑个红马,后来出嫁到很远的地方了,村里人再也没有见到过她。

我们细细地品味这个传说,再看这幅绘画作品,我们不禁要想,这不正是潘常旺自己心灵世界的表达吗?她常年居住于井坪河村,距县城有100多公里,那时没有乡村公路,去一趟县城都非常困难,去更远的地方简直是不可能的。然而,她们的内心,却充满对外部世界的无限向往。于是,她画了这幅《牛姑娘》,渴望自己也骑着一头神牛,周游世界,感受多彩的人生。

十

白凤莲是敢爱敢恨的乡村妇女。她爱唱民歌,爱扭秧歌,兴致来了,还能喝半斤烈性烧酒。这种个性表现在剪纸方面,就是她的剪纸作品甜美轻快,风格清爽。她的作品在继承传统纹样的同时,融入了新的审美意识。她曾应邀去法国、美国进行剪纸表演,有五十多幅剪纸作品在中国美术馆展出,并被收藏。

十一

居住于化子坪镇河西沟村的胡凤莲出生于1927年。丈夫去世早,她艰难地把四个孩子抚养成人。她的剪纸作品有八幅被编入人民美术出版社出版的《延安剪纸》一书。她擅长鱼、鸟剪纸,作品造型简练明快。鱼在民俗剪纸里,是"年年有余"的寓意,寄寓人们对美好生活的追求。鸟也称玄鸟,象征春天的来临。她的绘画作品《春暖》在中国美术馆展出后,被选送法国参加巴黎独立沙龙美展。《春暖》色彩明丽,生活气息浓郁,表现了新时期新的农村生活图景。

十二

谈到安塞剪纸的文化传承,人们多以《抓髻娃娃》来举例论证。中央工艺美术学院教授说:"《抓髻娃娃》一手举兔,一手举鸟;兔为阴,鸟为阳,阴阳结合就有了生命。因此,抓髻娃娃可以说是生殖崇拜的象征,是生命的呐喊,也是中国阴阳五行学说在民间的延续。"这幅《抓髻娃娃》是高如兰的作品,她的剪纸作品具有重要的文化内涵,通过剪纸的形式,较好地保留、传承了古代文化。高如兰生于1940年,居住于建华镇白老庄村。

十三

这些极具艺术创造力的优秀民间艺术家,她们平凡的生命,宛如一朵朴素的野花,开放在黄土地贫瘠的土地上。然而她们却又是在极其艰难的生存环境里,为我们创作了这些奇异的艺术之花,使我们人类的精神家园显得多姿多彩。同时,我们又心生深深的伤感,她们的艺术生命是那么短暂。有的只有60岁就永远地离开了这个多彩的世界,却又为我们留下了那样令人震撼的艺术精品。

张芝兰就是这样一位艺术家。她于1992年去世,享年61岁。生前,她居住于楼坪乡张窑村。她有多幅剪纸作品在中国美术馆、中央美术学院展出。她的绘画作品色彩美丽,富于变化,组成了一个非常美妙的艺术世界。1982年中国美术馆选送7幅作品参加法国巴黎独立沙龙美展,其中《谷林间》《孵小鸡》两幅绘画作品竟然都是张芝兰创作的。由此,我们可以说,如果张芝兰还活着,她又该为我们创作出多少令人惊叹的艺术作品啊!

十四

薛玉芹出生于1942年,谭家营郭塌村人。1988年,在文化部举办的首届全国农民书画大赛上,薛玉芹的作品《牛头》荣获一等奖。

《牛头》远看是一只牛,细看是三只牛,也感觉是一群牛。虽然没有看到牛身和牛腿,但是我们仍然看到一个庞大的牛群在向我们走来。画面饱满、厚重,给人以昂扬奋进的精神力量。这就是生活的力量、艺术的力量。

十五

李秀芳1940年出生于河庄坪镇井家湾村,13岁父亲去世。因家境贫困,被迫辍学,回家务农。

李秀芳从小便受到浓郁的民间艺术熏陶。她的母亲和姑姑都是剪纸巧手,父亲是本地一个有名的画匠,经常给当地村民画箱柜画。生活在这样具有浓郁民间艺术氛围的环境里,李秀芳由一名剪纸艺术的爱好者,成长为一名心灵手巧的剪纸能手。与白凤兰、高金爱、曹佃祥、胡凤莲等第一代艺术家所不同的是,李秀芳上过学、读过书,具有一定的文化素养。她的艺术创作,在继承传统民间艺术的基础上,融入了时代的气息,反映了新的社会生活,通过剪纸艺术,表达变革时代人们的思想感情,因而极大地拓展了剪纸艺术的表现视角。她是新一代剪纸艺术创作群体的典型代表。她的剪纸创作,也是剪纸艺术由传统表现形式走向反映新时代、新生活的重要转折。

行走的文明

升起文明的炊烟

　　安塞县丰富的文物遗存,比较完整地展现了人类各个时期的生活状况,也多层次呈现了各个时期的文化形态。通过这些文化遗存,我们看到了人类文明漫长的发展历程,人们对于美好的向往和追求,同时也看到了人们的情感和愿望。数量庞大的古遗址,充分反映了古代氏族部落的分布情况,对于研究陕北地区古代居民的生产生活状况、聚落分布、区域类型、文化谱系等提供了重要的资料。遍布安塞的古墓葬、古建筑、石窟寺及石刻,见证了人类文明的发展历程,展现出了丰富多彩的社会生活。

　　聚落遗址是远古生产力不发达的条件下,人类为抵御自然灾害和外族部落的入侵而形成的群居遗址。这些遗址真实地反映了人类早期生产和生活，也孕育了人类早期文明。

安塞聚落遗址多为新石器时代文化遗存。我国新石器时代中期遗存的代表，有距今约5000-7000年的仰韶文化，它是在黄河流域分布较广，延续时间也较长的一种文化遗存。仰韶文化的发展经历了两千多年，当时我国黄河流域农业文明发展迅速，农业经济发展较快。安塞气候比较湿润，土地肥沃，新石器时代人们广泛种植粟，并已开始种植蔬菜，定居生活已相当稳固，形成了大、小不等的聚落遗址。一些大型遗址，如捞饭盆峁遗址，南北长300米，东西宽200米，面积达6万平方米，平面呈规则长方形，遗址文化内涵十分丰富，断面处发现房屋遗址10余处，文化层及灰坑各一处，是安塞县较为罕见的大型仰韶及龙山文化遗址。龙山文化是我国新石器时代晚期遗存的代表，距今四千年左右，是仰韶文化之后兴起的文化代表。在仰韶文化时期，石器只有10多种，到龙山文化时期，已经增加到30多种，使用的专业化相当突出。安塞较为大型的龙山文化遗存主要有乔岔遗址、捞饭盆峁遗址、张家峁遗址、红柳渠遗址、曹林山遗址等。此外，还有一些遗址，虽然面积不大，但是文化遗存较为丰富，文化特征明显，如坪桥遗址、大理沟遗址、前盖遗址、顶天峁遗址等。

烽火台遗址多为宋时修筑。宋时，陕北为边关要地，范仲淹等名将镇守延安。当时，北宋军队多次与西夏交锋，而安塞处于北宋边关位置，一旦西夏军队进犯，便烽烟四起。烽火台便是在这种背景下修筑的军事设施，用以传递军情。此外，秦时筑长城用以防御匈奴，在长城沿线还修筑了烽火台,在安塞境内还有少量的秦代烽火台遗址。其中有一部分烽火台基本沿延河分布,沿线还分布有安塞堡龙安寨、塞门寨等古城,可以看出北宋防御西夏的军事体系。

  故城堡寨遗址主要有龙安故城、安塞堡故城、平羌寨故城、塞门寨故城、康庙寨子、云盘山寨子、招安寨故城、乔庄寨址、万安寨等。这些古城堡和古寨址,是北宋为防御西夏入侵所筑的,如塞门寨、平羌寨、招安寨、万安寨在《宋史·地理志》中均有明确的记载。历史记载与文物遗存鲜明地准确地印证了人类历史的发展轨迹。

  安塞境内的洞穴遗址主要是崖窑,这些崖窑均开凿于山崖之上,为清朝末年开凿。当时,安塞地区多有匪患,人们在山崖上凿洞而居,主要是为了防止土匪袭扰。据有关资料记载,清朝同治年间,西北地区有过一次大战乱,掳杀抢掠,十分严重,也就是在这一时期,匪盗横行,人民为防止匪患,在地势险要的山崖上开凿山洞,俗称"崖窑",用于防匪。

探寻地下的秘密

  由于安塞地形地貌特殊,水土流失严重,因此,古墓葬较少。同时,由于安塞经济文化相对落后,而历史名人较少,这些墓葬多为普通墓葬。从墓葬的形制来看,多为家族墓群,汉代墓群居多。从分布来看,多分布在生态环境比较好的村落,川道较少。

  陕北地形属于黄土高原丘陵沟壑区,河流纵横,山梁起伏。在漫长的历史岁月里,水土流失相对严重,因此,好多墓葬没有完整地保存下来。只有在地形相对封闭、平整的地方,才能发现很少的墓葬群,以汉墓居多。代表性墓葬有曹庄汉墓群、前窑沟马家沟墓群、云盘山汉墓群、宋家沟墓群、店坪梁墓群、桑塌墓群、麦地湾墓群等。其中,曹庄汉墓群出土文物丰富,有陶器、钱币等。这些出土文物反映了当时陕北地区人民的生活和经济社会发展状况。而且,有一部分汉代墓群,均有画像砖出土。汉代画像砖反映的社会生活面较广,其中陕北秧歌、腰鼓画像砖,体现了当时文化的繁荣。同时,这些墓葬为研究当时墓葬形制、民俗等提供了重要资料。名人墓葬主要是马懋才、宋之桢墓。清乾隆九年(1744)《安塞县志》对马懋才有记载:"马懋才为明天启乙丑年进士。任湖州副使,倜傥不群,貌丰髯美,聪明机警,善属文,下笔千言立就。"《备陈灾变疏》是他有名的奏疏,详细地描述了当时延安地区的自然灾害和人民疾苦。

荒草里的记忆

安塞在地理位置上长期处于中原汉民族与北方游牧民族的结合部,历史上有多个少数民族定居于此。在古代,有多个北方游牧民族试图南下,与中原汉民族争霸天下。因此,在安塞,羌、氐、鲜卑等民族,均留下了生活的痕迹。同时,在民间故事和传说中也屡屡有关于少数民族在安塞生活的一些记述。如平羌寨(今坪桥镇),传说中汉民族与羌族打了一仗,赶走了羌族,故名"平羌寨",这虽然是民间故事,但也从另一方面说明了少数民族在安塞生活的情形。北方少数民族多为马背民族,择水草而居,而古代这里的汉民族则挖穴而居,因此,安塞的民居建筑没有留下任何痕迹。我们现在看到的古建筑,全是寺庙建筑。佛教从汉代传入中国后,迅速传播,各地修建了大量寺庙。然而由于时代久远,好多寺庙都损毁无存,现在看到寺庙,大都是明清时期的建筑。从这些寺庙的建筑风格和分布,我们看到了安塞人的宗教信仰以及佛教在安塞境内的流传状况。

安塞的古建筑多为寺庙,也有很少几处为戏楼。

安塞的乡村寺庙多为龙王庙、娘娘庙。这也从另一个方面说明,安塞人民渴盼风调雨顺,五谷丰收;渴盼多子多孙,儿孙满堂,寄寓了他们对美好生活的追求。由于时代久远,风蚀雨剥,好多寺庙建筑已经损坏无存,只留残碑一座。但是从这些漫漶不清的碑文记载上,我们仍然能够发现大量历史的、文化的、民俗的信息,这些信息对于考证安塞的宗教流传、历史沿革、古建筑形制、民俗文化具有重要的价值。如王家湾乡城黄梁村光明寺,位于一座黄土山梁上,据寺内壁画记载,该寺初建于清康熙六年(1667)。当时,这里人烟稀少,能在那么偏远闭塞的山梁上修建规模宏大的寺庙,也反映了当时宗教信仰在民间传播的广泛程度。

有一些古建筑,如清乾隆九年《安塞县志》内所记载的寺庙,大都已废圮,但是我们今天仍能看到一些寺庙遗址,如顺惠王庙、大佛寺、剑匣寺、文昌祠、魁星阁等。

戏楼是安塞乡间较为普遍的一种古建筑,多依附于寺庙而修建,每年庙会期间都会有戏曲表演,于是修建了戏楼。高桥戏楼所绘人物、山水、花鸟壁画,对于研究民间绘画的演变有重要参考价值。从中可以看出古建筑所蕴藏的文化内涵对于今天的文化发展是有重要影响的。

镌刻在石头上的艺术

石窟寺是佛教传入中国之后兴起的一类佛教建筑。魏晋南北朝时期,佛教在中国广泛传播,佛教建筑也随之迅速发展起来,在陕北,比较普遍的佛教建筑有寺庙和石窟。

佛教传入中国之后,佛教建筑也随之发展起来。到了魏晋南北朝时期,随着佛教的迅速传播,各地大量修建佛教寺院。佛教建筑形式有三大类,即寺院、塔幢、石窟。在安塞较为普遍的佛教建筑有寺庙和石窟。寺庙由于历经岁月风霜,大都已损毁,然而石窟却因为开凿于山崖之上,虽历经久远仍然保持了历史风貌。我国较为著名的云冈石窟、龙门石窟均开凿于北魏时期。而位于安塞真武洞滴水沟的大佛寺也开凿于北魏时期,这有力地证明了佛教在我国北方的流传状况。摩崖石刻相对比较少,多依附于石窟,有摩崖石刻的地方,必有石窟。安塞石窟多为唐宋时期开凿,其中也有少量为北魏时期开凿。

寺庙由于年代久远,风蚀雨剥,大都无存;而石窟,却由于开凿于山崖之上,虽历经风雨,仍能保存下来,只是石窟内的壁画、佛龛由于风化严重,大都残缺,但是通过这些残缺的艺术品,我们仍然可以看到古代石窟所表现出的艺术魅力。这些石窟造像造型奇特,线条优美流畅,对于研究安塞乃至陕北地区造像及佛教流传具有重要价值。如位于安塞县真武洞滴水沟的大佛寺石窟,原名崇庆禅寺,始建于北魏时期。主窟大佛被誉为"陕北第一大佛",1980年被重新发现。

大佛寺石窟是陕北现存最早的石窟寺之一。主窟的大佛高6米多,是陕北地区最大的石造像。其凿造时代,在北魏晚期至西魏,是石窟艺术从陇东庆阳至山西大同之间一个重要的衔接链条。它的发现,对中国佛教发展传播和石窟寺艺术的发展传播路线的研究,提供了新的资料,具有十分重要的学术研究价值。该石窟虽然大部分造像已严重风化脱落,但幸存的1号窟北壁、南壁、前壁和藻井造像线条流畅,神情生动传神,姿态十分优美,《菩萨、佛本生故事画》等雕像,堪称古代雕塑中的精品,具有重要的艺术价值。

田野里的文化碎片

石碑、石造像、铁钟均是依附于寺庙、石窟的一类文物。寺庙建成后,刻石以记,于是有了庙碑。庙碑具有很高的文化价值,对于考证寺庙的变迁、当地历史沿革、宗教信仰以及民俗具有重要的作用。如砖窑湾镇杨家沟村《重修关帝庙碑记》中"陕西延安府苗目川杨家沟重修关帝君一座",由此便可知当地的历史沿革。镰刀湾乡刘沟政村马圈村《重修关圣帝君庙》碑,立于清咸丰十一年(1861)三月初五,有很长的一段文字为研究清代宗教传播以及地方民俗文化提供了重要参考资料。同时,石碑对于考证古建筑有重要作用,如清乾隆九年《安塞县志》内记载有顺惠王庙,在王窑乡庙湾村便有《重修顺惠王庙碑》。

石造像是寺庙内的佛教雕像,残损严重,但特点明显,线条流畅,风格优美,具有很高的艺术价值,为研究宗教文化发展提供了实物资料。

铁钟为研究佛教的发展、传播以及地方历史沿革提供了丰富的资料,如化子坪阎家河村娘娘庙铁钟,铭文记载明弘治三年(1490),延安府安定县(今子长县)有一寺僧来安塞化子坪,铸造铁钟。这段铭文对于研究明代佛教文化传播有重要的参考价值。

如下面几处庙碑、石刻和铁钟铭文:

招安前山老爷庙碑正文竖排阴刻楷书:"安塞治之西赫家湾旧有山神土地行雨龙王神庙一所历年已远风雨飘荡庙貌剥落四壁鼓裂口结漏水但意欲改旧更新独立难成因而仰四方人之君子随心设施各助银两重修庙宇焕然更新"。落款:"道光十一年岁次辛卯六月立。"

关圣帝君庙碑位于镰刀湾乡刘沟村。碑文为"尝闻山不在高有仙则名水不在深有龙则灵我塞邑马圈则地虽微小应有关圣庙一所历年久远不知何代至嘉庆年间重复补修庙貌神像风口刻落山门垣墙雨洒损伤士农工商口观悼口行族君于远望悲伤合会人等议论公商因山小缘募化四方善男信女不吝己财多资捐助依旧庄严巍巍乎庙貌依然可观洋洋乎神像焕然维新成始者我等之功成终旧世人之为敬书碑记刻名于石以口不朽是以为序"。落款:"咸丰十一年三月初五日重修。"

近现代文化名人与安塞

安塞独特的黄土风情文化,吸引了不少游客,同时,也吸引了一大批文化艺术界的知名人士前来考察、创作、采风。他们都对安塞民间文化情有独钟,安塞也因他们的到来而增添了别样的色彩。

王 蒙

"生女子,要巧的,石榴牡丹冒铰的。"他不住地念着这句流传于安塞,赞美陕北女子心灵手巧的乡谚。

2004年夏天,正是大地披绿的季节,著名作家王蒙来到了安塞。他穿着一件白色短袖,看上去精神饱满,很有诗人气质。虽然他是作家,不是诗人,但是他身上具有诗人的浪漫情调。他认真地看着县文化文物馆展厅的每一件展品,无论是民间绘画,还是剪纸,他都看得非常仔细。显然,他被这博大深厚的民间文化所吸引,才反复地说着那句乡谚。

王蒙是河北省南皮县人,1934年出生。曾任文化部部长,中国作家协会副主席。他1956年发表中短篇小说《组织部来了个年轻人》是当年"干预生活"思潮的代表作。他是当代富于探索精神且多产的作家之一,其代表作《最宝贵的》、《悠悠寸草心》、《春之声》、《蝴蝶》、《相见时难》曾分别获全国优秀中、短篇小说奖。"在当代中国文坛,王蒙是取得卓越成就的作家。"《中国当代文学》一书这样评价他。

在民间艺术大师高金爱的剪纸作品《艾虎》前,王蒙伫立良久。高金爱擅长剪老虎,她剪的老虎头很大,她说这样剪出的老虎可爱、威风。当解说员这样解说时,王蒙不住地点头。他又一次说"生女子,要巧的,石榴牡丹冒铰的"。他说的这个"冒"字,就是艺术的自然流露。虽然是"冒铰的",可这些剪纸作品却又具有深厚的文化内涵,说明心灵手巧的陕北妇女,对美的追求和认识,能通过剪纸的形式给予充分表达。

参观完安塞县文化文物馆,王蒙就乘车离开了安塞。行前,县上请他题个字,他不假思索,即兴挥毫"甚可观"。

刘文西

一踏上安塞的土地,刘文西激动不已。

他的脸上洋溢着灿烂的笑容,他的心就像沸腾的黄土地那样激情澎湃。这位著名的画家,他的心和黄土融在了一起。

在西河口三王河村,黄土飞扬,一群茂腾腾的陕北后生挥舞着彩绸,在黄土山梁上打起了腰鼓,像黄河水从黄土山梁上滚过,一泻千里。刘文西不让人搀扶他。他拿着照相机,一会儿蹲下去近拍,飞扬的黄土粒溅了他一身。他兴致极高,似乎永远也不觉得累。在表演结束后,好多腰鼓手争着和他照相,他都一一答应。他是那么高兴,站在腰鼓手中间,他好像忘记了一切。

他拉住老腰鼓艺术家曹怀荣的手,亲热地拉起了家常。曹怀荣1950年在天安门广场给毛泽东、刘少奇、周恩来、朱德等老一辈领导人表演过腰鼓。刘文西每次来安塞都要见他。老人飘着花白的胡子,典型的陕北老农形象,脸上的层层皱纹,好像黄土地的褶皱。在创作《安塞腰鼓》长卷时,这位老人走进了刘文西的画卷。

浓郁的黄土风情吸引着刘文西。早在2004年,安塞举办"陕北五月天"大型摄影活动时,刘文西就带领着黄土画派的画家来安塞采风。之后,安塞县陆续举办了"陕北剪纸大赛""安塞腰鼓大赛""大型山地腰鼓表演"以及"陕北过大年"等一系列大型文化活动。悠扬动听的信天游,火红的窗花,欢快的陕北大秧歌,使陕北的正月天弥漫着迷人的气息。艺术的热土,一旦与新的时代、新的生活相碰撞,其绽放的艺术之花是多彩的、迷人的。何况,这块土地的文化积淀又是如此深厚。每一位来到这里的艺术家,都会在激动之余,获得艺术上的启迪与思索。刘文西一次又一次来到安塞。他沉醉了,沉醉于安塞的山山水水,沉醉于淳朴的黄土风情文化。

深入生活,深入人民,始终是刘文西艺术创作所遵循的准则。几十年来,他先后60多次深入陕北写生,和陕北这块土地有了深厚的感情。《毛主席与牧羊人》《转战陕北》等反映陕北革命历史的画作,更使他成为用画笔记录历史的人民画家。

人民需要艺术,艺术更需要人民。刘文西笔下的安塞,是一个充满魅力的多彩天地。他创作了好多以安塞黄土风情文化为主题的美术作品,尤其是安塞腰鼓,他更是倾注了很大的热情予以表现。用画笔表现新时代黄土地人民的生活,是他的一贯主张。他的艺术之根,始终在黄土地。

陈忠实

2004年7月,盛夏时节,作家陈忠实、张锲、莫伸、刘震云一行来到了安塞。他们都是中国当代文坛具有影响力的作家。张锲出生于1933年,安徽寿县人,时任中国作家协会副主席,其报告文学《热流》《在地球的那一边》获全国优秀报告文学奖。莫伸是陕西省作家协会副主席,其小说《窗口》于1978年获全国优秀短篇小说奖。刘震云是河南省延津县人,系中国人民大学文学院教授,其小说《一地鸡毛》《温故一九四二》颇受好评,长篇小说《一句顶一万句》于2011年获第八届茅盾文学奖。陈忠实时任陕西省作家协会主席,中国作家协会副主席。1998年,他的长篇小说《白鹿原》获第四届茅盾文学奖,使他成为中国当代最著名的作家之一。

几位作家专注地考察着安塞的民间文化艺术。在刚刚建成开放的安塞腰鼓展厅,他们看得尤其认真,并不时向讲解员提出问题。讲解员介绍,安塞腰鼓距今已有两千多年的历史,1989年,安塞县招安乡出土了安塞腰鼓宋代画像砖,这说明,安塞腰鼓早在宋代就已经成为陕北非常普遍的民间文化活动。作家们兴趣甚浓,激动地相互交流着对安塞民间艺术的观感。相对于其他艺术家而言,作家对生活的观察更加细致,也更加敏锐,更加独到。在参观还没有结束的时候,只见陈忠实一个人离开展厅,点燃一根雪茄,陷入深深的思考。徐徐升腾的烟雾中,他的思绪也许是回到了白鹿原,回到了对中国传统文化的思考之中。安塞是中华民族农耕文化与草原文化的交汇地带,而他笔下的白嘉轩,正是在中国儒家文化熏陶下成长起来的典型代表人物。

参观结束后,陈忠实欣然题字"黄土韵,高原风"。

邵 华

人们知道邵华,首先是因为她是伟人毛泽东的儿媳。

邵华1938年出生于延安。1960年与毛岸青结婚。20世纪50年代初,为了将与毛主席在一起的难忘时刻永远留住,她用一台毛岸英从苏联带回的老式相机为毛主席拍照,开始学习摄影,并从此喜欢上了摄影。除摄影外,她还喜欢文学,其散文《我爱韶山的红杜鹃》被选入中学课本。她出版有散文集《红杜鹃》,并主编《中国出了个毛泽东》丛书,生前为中国摄影家协会主席。

秋天的陕北,大地一片斑斓,田野里飘着五谷成熟的清香,这是陕北最美丽的季节。邵华饶有兴趣地来到剪纸艺术家侯雪昭家里，欣赏侯雪昭的剪纸作品，仔细了解侯雪昭的生活与创作情况。作为从战火硝烟中走过来的女将军，她对女性的自由，寄予了无限的期望和关注。从侯雪昭的剪纸和绘画作品里，她了解到了当代陕北女性自由而幸福的生活，了解到她们能够用画笔描绘美好的生活，抒写幸福人生，邵华因此感到欣慰。

在边墙店房滩山上，县上为邵华举办了一场山地腰鼓表演。早在延安时期，她就演过《兄妹开荒》，扭过秧歌，她对陕北民间艺术是非常熟悉，非常热爱的。这次亲眼目睹安塞腰鼓的风采，她更是兴奋不已。她骑着一头毛驴来到了山上。蓝天、白云、沸腾的黄土。她抱着照相机，不停地在腰鼓手中间穿梭、奔跑。后来，她的一批安塞腰鼓摄影作品先后在《中国摄影报》、《人民摄影报》发表了，这对于安塞文化是很大的宣传。2004年，中国摄影家协会有近百名摄影家来安塞进行创作采风，这与她的积极宣传和推动是分不开的。

梅绍静记

我喜欢读梅绍静的诗。她的诗清新、自然,饱含深情。我最早对诗歌的接触,就是从读梅绍静的诗开始的。我出生在非常闭塞、偏僻的一个北方山村。小时候,我们村没有电,照明用的是煤油灯;吃水要赶着毛驴到山脚下驮,往返得一个半小时。没有柏油路,去县城要步行15公里才能乘车。在这样的环境里,我小时候根本看不到报纸和刊物,也不懂什么是文学。上了初中后,大约是初一的时候,我偶然看到了一本名为《延河》的旧刊物。这期《延河》是"北方抒情诗"专号,全是当时活跃在诗坛的诗人诗作。梅绍静的一首诗我反复读了好多遍。这是我最早读到的诗歌,从此,我喜欢上了文学,喜欢上了诗歌。

梅绍静1969年由北京赴陕北延川县插队,1984年离开,在延安生活了10余年。延川真是一块神奇的土地,一大批作家从这里走出来,成为具有全国影响的作家,路遥、史铁生、梅绍静、高红十、曹谷溪、陶正等,都是从延川成长起来的。延安的知青生活,给梅绍静的文学创作以重要影响,她的几本诗集,如《兰珍子》、《唢呐声声》、《她就是那个梅》、《女娲的天空》,几乎都是写陕北的。可以说,是陕北这块黄土地,哺育了诗人梅绍静。《她就是那个梅》写的多么清新,没有对陕北民间生活的熟悉和体验,写不出这样好的诗。这本诗集获全国优秀新诗奖,这是对诗人的肯定。

我读高中的时候对文学很热爱,对诗人也很崇拜,总想着能见一次梅绍静。1994年,我还在读大学一年级,收到中国科学院文学研究所的一个邀请函,邀请我参加一个文学研讨会。利用这个机会,我特意跑到中国文联大楼《诗刊》编辑部,专门拜见了诗人梅绍静。记得她当时围一条围巾,像陕北妇女一样朴素、热情。她听说我是陕北来的,很高兴。她对我说,凡是延安作者的来稿,她几乎全给回信。她一首一首地看了我所带的全部诗作,有的甚至反复念好几遍。我的诗歌《端午》、《妈妈》她说写得很有味。她要我不要放弃自己诗作中的黄土地特色。她说,延安这块土地是有许多可写的东西,尽管有许多人写陕北,但真正能表现陕北的东西,还尚未挖掘出来。临别时,我请她给我写几个字。于是,她写了"今后就算是你半个先生,好吗?"从她的这句话里看出,她是多么谦虚、真诚的一个人。

梅绍静对诗歌,有很深的情感,这种情感,主要来自于她在延安生活的人生经历。内心有所感悟,有所体验,才通过诗歌的形式来表达。诗歌本来就是抒发情感的工具。自从那次与梅绍静老师分别后,我再未见她。之后,她给我写了好几封信,鼓励我认真读书,吸收营养。她还给我寄了好几期《诗刊》,她认为好一些的诗,全用笔划出来,有的略加评语,让我学习。这种细致的关爱,常常让我感到不安。遗憾的是大学毕业之后,我到了一个与文学、与诗歌毫无关联的单位工作了,杂乱无章的生活,使我难以进入写诗的状态。我深感辜负了梅绍静老师,但是从内心,我一直记得她,我一直想去看望她,邀请她回陕北看看。今年夏天,在北京中央文化管理干部学院学习期间,我多方打听,并且几次将电话打到《诗刊》编辑部,但是我还是未能联系到梅绍静老师,这真是我心头的一个结。

贾平凹写字

每个人在童年和少年时代,都有一种对人生的向往。这种向往时时给人的生活以重要影响,给人以遐思,让人对未来充满无限的憧憬。

我在少年时代,尤其是上了高中之后,喜欢上了文学。我最大的理想就是成为一名大作家。这种梦想时时激励着我,激励我走出大山,走向广阔的世界。那时,没有什么文学书籍可读,记得是《贾平凹小说新作集》的一本书,我读了好几遍。由此,我也记住了贾平凹的名字。

上了高中之后,也就是1990年起,随着我对书刊和报纸的广泛阅读,我渐渐地了解了贾平凹,知道他是陕西一位著名作家,是陕南商洛丹凤县人。那时,陕西的几位青年作家,如路遥、陈忠实、贾平凹等,蜚声中国文坛,成为中国文坛耀眼的新星。每当报纸上有路遥、贾平凹、陈忠实的文学作品,我都要剪贴下来保存。那个时期,也正是贾平凹小说创作高产期,《鸡窝洼的人家》《腊月·正月》都是在我上了高中之后才读到的。在阅读贾平凹小说的时候,我有一种亲切感、熟悉感,他笔下的好多人物,以及作品所描写的民风民俗、人物语言特点、心理变化,作品弥漫的浓郁的生活气息,与我熟悉和生活的农村很相似。这个时候,我尝试着写了一个短篇小说。我将我写的小说《山沟拐洼》邮寄到北京,参加了"华夏青少年写作大赛",意外地获了二等奖。

像我们这些从大山里走出来的孩子,总是非常关注和崇拜同样是从农村走出来的作家。路遥我没有见过,但是我们常常以路遥的文学创作精神为引领,常常为陕北有这样的大作家而感到欣慰。陈忠实2004来过安塞,参观完文化文物馆的展厅之后,我请他给我带的陈忠实小说自选集《第一刀》扉页题了字,并与我合影。贾平凹的小说和散文我很喜欢读,也看过很多关于写贾平凹的书。2016年5月,我特意到丹凤县棣华镇看了丹江,看了那片养育他的热土。文学的天空,璀璨而迷人,它照亮了我们的心灵世界。也使我们的生活充满浓浓的诗意。

贾平凹在文学创作之余,也写字、画画。他是蜚声海内外的大作家,大名人,请他题字的人很多。2014年春天,深圳画家冯三鬼画了一批反映陕西历史文化的作品,想结集出版。当时,我正在西安,一位朋友给我打电话,让我联系贾平凹,请贾平凹为冯三鬼的画册《大秦魂》题写书名。我通过另一位朋友的联系,第二天就见到了贾平凹先生。他的书房在永松路附近,我去的时候,他正在和几个朋友谈话,见我来了,就直接把我带到他书房的二层间。记得他书房里摆满了各种陶器、瓷器,他的字画等,好像是走进了文物店。他很认真的写了"大秦魂"三个字,写好后用报纸包好给我。我看他写完了,就拿出我提前带的贾平凹的散文集《天气》,请他为我签个名。他问"宏清"两个字怎么写,我说是"宏伟的宏,清清楚楚的清",他便在《天气》的扉页上写"请米宏清先生雅正。贾平凹。二〇一四年三月五日。"随后与我合影。

这是我与贾平凹的一面之缘。

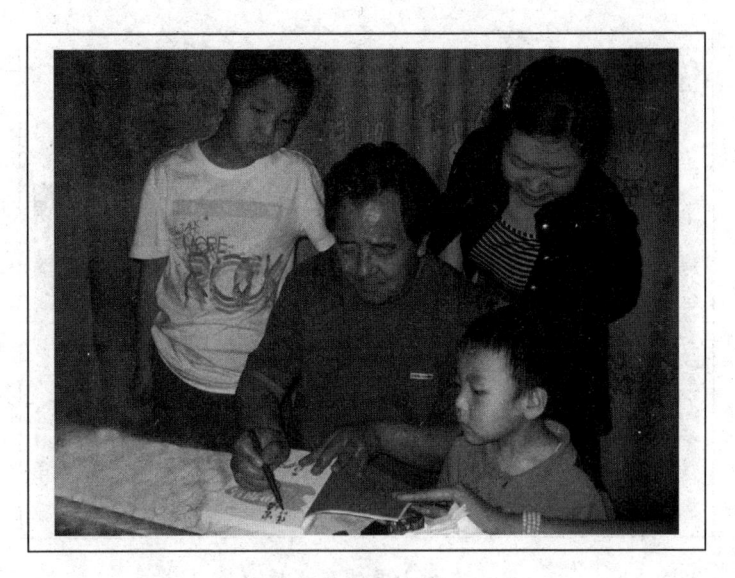

高建群为作者妻子签名赠书

在横山县波罗古镇

高建群写序

建群给我的三本书写过序。

一次是给诗集《野山花》写序。1992年,我还读高中二年级。那时,我刚开始喜欢文学,经常有诗歌作品发表于《延安日报》的"杨家岭"副刊和其他一些报刊。同学和老师见了我,都称我是"诗人"。1992年11月28日,我的短篇小说《山沟拐洼》参加华夏青少年写作大赛,意外地获得了二等奖,我应邀赴京在人民大会堂参加了颁奖大会。领奖归来后,学校为我举行了隆重的欢迎仪式,一时间,成了校内校外的小"名人"。当时,学校为了进一步宣传我,培养我,决定编辑油印本诗集《野山花》。建群那时已是著名作家,担任延安文联常务副主席,并主编《延安文学》。他的中篇小说《遥远的白房子》发表后引起极大的轰动,蜚声文坛。散文集《新千字散文》、《东方金蔷薇》出版后也广受好评。我给他打了电话,请他给我的小诗集写序。他很快就把序稿寄来了。后来,他又亲自给团省委主办的《少年月刊》主编、诗人王宜振写了一封信,王宜振将高老师写的序《飞翔吧,年轻的鹰》以及我的组诗《山野风》、创作谈《做一个小提琴手》,在1993年第11期《少年月刊》"小作家试笔"专栏发表了。

一次是给《多彩的乡情》一书写序。2011年,我将我进入文化局工作以后,受陕西省民间文艺家协会和延安市文化局有关同志约稿,为《第一批陕西省非物质文化遗产图录》一书承担撰写的《安塞腰鼓》、《安塞剪纸》、《安塞民间绘画》以及《陕北民歌(延安部分)》的书稿,经过修改,以《多情的乡情》为书名,印行出版,这一方面对安塞民间文化艺术是宣传,同时也能为来安塞进行创作采风的专家学者,提供欣赏安塞民间文化的窗口。我给建群老师打电话,请他给我写几句话。当时他正在清涧,与贾平凹等参加刚刚落成的"路遥纪念馆"开馆仪式。他回程时在安塞的酒店歇息,给我的书写了一篇序言。他在序中写道:"我参加路遥清涧纪念馆开馆,回程中在安塞见到米宏清。宏清是我的好朋友,是我看着的一个从陕北大地成长起来的文化人。"

2014年4月,我开始着手编写《文化安塞》一书。《文化安塞》共分"历史安塞"、"艺术安塞"、"文物安塞"、"传说安塞"、"多彩安塞"、"人文安塞"、"诗文安塞"七部分,比较全面地介绍安塞的历史文化、非物质文化、现代文化和黄土风情文化。5月中旬,建群老师参观延安新区之后来安塞看民歌演出。期间,我告诉他我正在编写一本书,请他写个序。由于时间仓促,我没有来得及给他介绍本书的编写情况,就用一张小纸条写了书的名称和主要内容,交给了高老师。他回西安后,即写了长长的一篇序言,题目是《我把最高的礼赞献给安塞这块土地》。这篇文章融入了作家对陕北历史文化的思考,对人类在漫长的历史演进中,文明的演变与人类文化基因的密切关系的阐释。这篇序言同时在《延安日报》刊登了,好多朋友打电话,说高老师这篇序言其实是对安塞文化的高度总结,说他们认真拜读了高老师的这篇文章,受益匪浅。

正如建群在序中写的一样,我与建群,是好朋友。他是我尊敬的兄长,我文学和人生道路上的导师。早在1990年,我还在上初中的时候,我们就相识了。那时,我还是一个连县城都没有去过的山里娃娃。我给他写了一封长长的信,步行40里到靖边县青阳岔把信寄出。让我激动的是,这位当时已是蜚声文坛的作家给我回了信,还给我赠送了他的散文集《新千字散文》。就是这封信,建立了我与先生的友谊,也使我走上了改变我人生命运的文学之路。

飞翔吧,年轻的鹰

高建群

陕北的地域文化,保存最完整的,当属安塞。这里的剪纸、民间画、腰鼓、民歌等等艺术,就偌大的中国地面而言,是先秦两汉之间的文化痕迹留存得最重的地方(要知道,中间间隔了一个两千年跨度的漫长封建时代)。前些天我有幸观看了安塞剪纸和农民画展览,我在留言簿上写道:因为这块地域的存在,中华民族的古老文化,才得以像活化石一样挂一漏万,重见于现代时。

我这话不是过誉。剪纸我已经说得多了,这里不再赘述,仅就农民画而言,我想说,古典精神同时又是现代精神,我从这些原始的人类童年景象、人类童年思考的有形之物上,看到了20世纪风格,看到了毕加索和马蒂斯。我想,一个聪明的中国画家,他只稍微地向民间靠拢,向这些没有受到现代文明污染的精神靠拢,那他将成为一个不可遏制的大家,他将同时掌握未来。

生活在这块地域是幸福和幸运的。我想,这就是我给本书作者想说的话。机缘、灵感、神灵的启示,取之不竭的生活源泉,这些都从门里窗里向你涌来。如果你是一个艺术家的话,你将为之疯魔。

自然,这是一块贫瘠的、偏远的土地,因此,从另一个方面来说,即便是些微的成功,也要付出比别的地方的人们更大的代价。

但是,这是一块出现大家的地方,因此我想,我们的努力是值得的。

我与本书作者相识已有四五年了。他的愈来愈显露的才华令人惊异。造物主也许觉得它对这一方人类太残酷和严厉了些,所以,隔三过五,总要在荒山野洼开一枝或几枝奇异的花,来点缀这一块凄凉的风景。

飞翔吧,年轻的鹰!你那么年轻,而世界那么大。天生一物为竟一物之用,作为社会来说,社会有责任扶持和支持这位小才子;作为这位中学生来说,他则有责任对得起自己,对得起贫瘠的山乡和卑微的父母,对得起这块名叫安塞的土地。

北方是悲哀的。这句艾青和郭小川都说过的话,总让我流泪。这悲哀一半来源于贫困和荒蛮,另一半则是在这贫困与荒蛮之上,偏生出一群心比天高、命比纸薄的家伙(例如我的朋友路遥)。但是,没有梦想的浑浑噩噩的一生,岂不更见其悲哀么?所以该梦的还是去梦,该想的还是去想吧。

(此文是著名作家、陕西省文联副主席、陕西省作家协会副主席高建群1993年为米宏清诗集《野山花》所写序)

后记

清风徐来的夜晚,推开书窗望去,只见远方的天幕下有一颗流星划过,它是确切的在我山那边的故乡滑落了。故乡,满载着繁星晶莹而清澈的梦。

我常常记着小时候,我赤着脚片儿,在大山起伏的曲线上踽踽而行。故乡的山野风,夹杂着泥土芬芳的气息和苦艾的清香。大山,阻挡着我纯真的视野,也无尽地鼓荡着我的诗情。我最早的文学创作,是诗歌。

清晨,故乡的山原有袅袅的炊烟在升腾。打碗花在轻风中微微地摇曳,晶莹的露珠儿盛满了打碗花浅浅的小碗。我上了初中之后就离开了故乡,离开了大山,但我的心灵却如露珠儿一样清